Rémi

# La morte amoureuse

→ fantôme virginité
→
→ marque de noblesse

## ŒUVRES PRINCIPALES

Mademoiselle de Maupin
Le capitaine Fracasse
Contes fantastiques
Émaux et camées
Arria Marcella
Le roman de la momie
Spirite
Voyage en Espagne
Voyage en Russie

# Théophile Gautier

# *La morte amoureuse*

suivi de

## *Une nuit de Cléopâtre*

*Librio*

*Texte intégral*

# *La morte amoureuse*

Vous me demandez, frère, si j'ai aimé ; oui. C'est une histoire singulière et terrible, et, quoique j'aie soixante-six ans, j'ose à peine remuer la cendre de ce souvenir. Je ne veux rien vous refuser, mais je ne ferais pas à une âme moins éprouvée un pareil récit. Ce sont des événements si étranges, que je ne puis croire qu'ils me soient arrivés. J'ai été pendant plus de trois ans le jouet d'une illusion singulière et diabolique. Moi, pauvre prêtre de campagne, j'ai mené en rêve toutes les nuits (Dieu veuille que ce soit un rêve !) une vie de damné, une vie de mondain et de Sardanapale. Un seul regard trop plein de complaisance jeté sur une femme pensa causer la perte de mon âme ; mais enfin, avec l'aide de Dieu et de mon saint patron, je suis parvenu à chasser l'esprit malin qui s'était emparé de moi. Mon existence s'était compliquée d'une existence nocturne entièrement différente. Le jour, j'étais un prêtre du Seigneur, chaste, occupé de la prière et des choses saintes ; la nuit, dès que j'avais fermé les yeux, je devenais un jeune seigneur, fin connaisseur en femmes, en chiens et en chevaux, jouant aux dés, buvant et blasphémant ; et lorsqu'au lever de l'aube je me réveillais, il me semblait au contraire que je m'endormais et que je rêvais que j'étais prêtre. De cette vie somnambulique il m'est resté des souvenirs d'objets et de mots dont je ne puis pas me défendre, et, quoique je ne sois jamais sorti des murs de mon presbytère, on dirait plutôt, à m'entendre, un homme ayant usé de tout et revenu du monde, qui est entré en religion et qui veut finir dans le sein de Dieu des jours trop agités, qu'un humble séminariste qui a vieilli dans une cure ignorée, au fond d'un bois et sans aucun rapport avec les choses du siècle.

Oui, j'ai aimé comme personne au monde n'a aimé, d'un amour insensé et furieux, si violent que je suis étonné qu'il n'ait pas fait éclater mon cœur. Ah ! quelles nuits ! quelles nuits !

Dès ma plus tendre enfance, je m'étais senti de la vocation pour l'état de prêtre ; aussi toutes mes études furent-elles dirigées dans ce sens-là, et ma vie, jusqu'à vingt-quatre ans, ne fut-elle qu'un long noviciat. Ma théologie achevée, je passai successivement par tous les petits ordres, et mes supérieurs me jugèrent digne, malgré ma grande jeunesse, de franchir le dernier et redoutable degré. Le jour de mon ordination fut fixé à la semaine de Pâques.

Je n'étais jamais allé dans le monde ; le monde, c'était pour moi l'enclos du collège et du séminaire. Je savais vaguement qu'il y avait quelque chose que l'on appelait femme, mais je n'y arrêtais pas ma pensée ; j'étais d'une innocence parfaite. Je ne voyais ma mère vieille et infirme que deux fois l'an. C'étaient là toutes mes relations avec le dehors.

Je ne regrettais rien, je n'éprouvais pas la moindre hésitation devant cet engagement irrévocable ; j'étais plein de joie et d'impatience. Jamais jeune fiancé n'a compté les heures avec une ardeur plus fiévreuse ; je n'en dormais pas, je rêvais que je disais la messe ; être prêtre, je ne voyais rien de plus beau au monde : j'aurais refusé d'être roi ou poète. Mon ambition ne concevait pas au-delà.

Ce que je dis là est pour vous montrer combien ce qui m'est arrivé ne devait pas m'arriver, et de quelle fascination inexplicable j'ai été la victime.

Le grand jour venu, je marchai à l'église d'un pas si léger, qu'il me semblait que je fusse soutenu en l'air ou que j'eusse des ailes aux épaules. Je me croyais un ange, et je m'étonnais de la physionomie sombre et préoccupée de mes compagnons ; car nous étions plusieurs. J'avais passé la nuit en prières, et j'étais dans un état qui touchait presque à l'extase. L'évêque, vieillard vénérable, me paraissait Dieu le Père penché sur son éternité, et je voyais le ciel à travers les voûtes du temple.

Vous savez les détails de cette cérémonie : la bénédiction, la communion sous les deux espèces, l'onction de la paume des mains avec l'huile des catéchumènes, et enfin le saint sacrifice offert de concert avec l'évêque. Je ne m'appesantirai pas sur cela. Oh ! que Job a raison, et que celui-là est imprudent qui ne conclut pas un pacte avec ses yeux ! Je levai par hasard ma tête, que j'avais jusque-là tenue inclinée, et j'aperçus devant moi, si près que j'aurais pu la toucher, quoique en réalité elle fût à une assez grande distance et de l'autre côté de la balustrade, une jeune femme d'une beauté rare et vêtue avec une magnificence royale. Ce fut comme si des écailles me tombaient des prunelles. J'éprouvai la sensation d'un aveugle qui recouvrerait subitement la vue. L'évêque, si rayonnant tout à l'heure, s'éteignit tout à coup, les cierges pâlirent sur leurs chandeliers d'or comme les étoiles au matin, et il se fit par toute l'église une complète obscurité. La charmante créature se détachait sur ce fond d'ombre comme une révélation angélique ; elle semblait éclairée d'elle-même et donner le jour plutôt que le recevoir.

Je baissai la paupière, bien résolu à ne plus la relever pour me soustraire à l'influence des objets extérieurs ; car la distraction m'envahissait de plus en plus, et je savais à peine ce que je faisais.

Une minute après, je rouvris les yeux, car à travers mes cils je la voyais étincelante des couleurs du prisme, et dans une pénombre pourprée comme lorsqu'on regarde le soleil.

Oh ! comme elle était belle ! Les plus grands peintres, lorsque, poursuivant dans le ciel la beauté idéale, ils ont rapporté sur la terre le divin portrait de la Madone, n'approchent même pas de cette fabuleuse réalité. Ni les vers du poète ni la palette du peintre n'en peuvent donner une idée. Elle était assez grande, avec une taille et un port de déesse ; ses cheveux, d'un blond doux, se séparaient sur le haut de sa tête et coulaient sur ses tempes comme deux fleuves d'or ; on aurait dit une reine avec son diadème ; son front, d'une blancheur bleuâtre et transparente, s'étendait large et serein sur les arcs de deux cils presque bruns, singularité qui ajoutait encore à l'effet de prunelles vert de mer d'une vivacité et d'un éclat insoutenables. Quels yeux ! avec un éclair ils décidaient de la destinée d'un homme ; ils avaient une vie, une limpidité, une ardeur, une humidité brillante que je n'ai jamais vues à un œil humain ; il s'en échappait des rayons pareils à des flèches et que je voyais distinctement aboutir à mon cœur. Je ne sais si la flamme qui les illuminait venait du ciel ou de l'enfer, mais à coup sûr elle venait de l'un ou de l'autre. Cette femme était un ange ou un démon, et peut-être tous les deux ; elle ne sortait certainement pas du flanc d'Ève, la mère commune. Des dents du plus bel orient scintillaient dans son rouge sourire, et de petites fossettes se creusaient à chaque inflexion de sa bouche dans le satin rose de ses adorables joues. Pour son nez, il était d'une finesse et d'une fierté toute royale, et décelait la plus noble origine. Des luisants d'agate jouaient sur la peau unie et lustrée de ses épaules à demi découvertes, et des rangs de grosses perles blondes, d'un ton presque semblable à son cou, lui descendaient sur la poitrine. De temps en temps elle redressait sa tête avec un mouvement onduleux de couleuvre ou de paon qui se rengorge, et imprimait un léger frisson à la haute fraise brodée à jour qui l'entourait comme un treillis d'argent.

Elle portait une robe de velours nacarat, et de ses larges manches doublées d'hermine sortaient des mains patriciennes d'une délicatesse infinie, aux doigts longs et potelés, et d'une si idéale transparence qu'ils laissaient passer le jour comme ceux de l'Aurore.

Tous ces détails me sont encore aussi présents que s'ils dataient d'hier, et, quoique je fusse dans un trouble extrême, rien ne m'échappait : la plus légère nuance, le petit point noir au coin du menton, l'imperceptible duvet aux commissures des lèvres, le velouté du front, l'ombre tremblante des cils sur les joues, je saisissais tout avec une lucidité étonnante.

À mesure que je la regardais, je sentais s'ouvrir dans moi des portes qui jusqu'alors avaient été fermées ; des soupiraux obstrués se débouchaient dans tous les sens et laissaient entrevoir des perspectives inconnues ; la vie m'apparaissait sous un aspect tout autre ; je venais de naître à un nouvel ordre d'idées. Une angoisse effroyable me tenaillait le cœur ; chaque minute qui s'écoulait me semblait une seconde et un siècle. La cérémonie avançait cependant, et j'étais emporté bien loin du monde dont mes désirs naissants assiégeaient furieusement l'entrée. Je dis oui cependant, lorsque je voulais dire non, lorsque tout en moi se révoltait et protestait contre la violence que ma langue faisait à mon âme : une force occulte m'arrachait malgré moi les mots du gosier. C'est là peut-être ce qui fait que tant de jeunes filles marchent à l'autel avec la ferme résolution de refuser d'une manière éclatante l'époux qu'on leur impose, et que pas une seule n'exécute son projet. C'est là sans doute ce qui fait que tant de pauvres novices prennent le voile, quoique bien décidées à le déchirer en pièces au moment de prononcer leurs vœux. On n'ose causer un tel scandale devant tout le monde ni tromper l'attente de tant de personnes ; toutes ces volontés, tous ces regards semblent peser sur vous comme une chape de plomb ; et puis les mesures sont si bien prises, tout est si bien réglé à l'avance, d'une façon si évidemment irrévocable, que la pensée cède au poids de la chose et s'affaisse complètement.

Le regard de la belle inconnue changeait d'expression selon le progrès de la cérémonie. De tendre et caressant qu'il était d'abord, il prit un air de dédain et de mécontentement comme de ne pas avoir été compris.

Je fis un effort suffisant pour arracher une montagne, pour m'écrier que je ne voulais pas être prêtre ; mais je ne pus en venir à bout ; ma langue resta clouée à mon palais, et il me fut impossible de traduire ma volonté par le plus léger mouvement négatif. J'étais, tout éveillé, dans un état pareil à celui du cauchemar, où l'on veut crier un mot dont votre vie dépend, sans en pouvoir venir à bout.

Elle parut sensible au martyre que j'éprouvais, et, comme pour m'encourager, elle me lança une œillade pleine de divines promesses. Ses yeux étaient un poème dont chaque regard formait un chant.

Elle me disait :

« Si tu veux être à moi, je te ferai plus heureux que Dieu lui-même dans son paradis ; les anges te jalouseront. Déchire ce funèbre linceul où tu vas t'envelopper ; je suis la beauté, je suis la jeunesse, je suis la vie ; viens à moi, nous serons l'amour. Que pourrait t'offrir Jéhovah pour compensation ? Notre existence coulera comme un rêve et ne sera qu'un baiser éternel.

« Répands le vin de ce calice, et tu es libre. Je t'emmènerai vers les îles inconnues ; tu dormiras sur mon sein, dans un lit d'or massif et sous un pavillon d'argent ; car je t'aime et je veux te prendre à ton Dieu, devant qui tant de nobles cœurs répandent des flots d'amour qui n'arrivent pas jusqu'à lui. »

Il me semblait entendre ces paroles sur un rythme d'une douceur infinie, car son regard avait presque de la sonorité, et les phrases que ses yeux m'envoyaient retentissaient au fond de mon cœur comme si une bouche invisible les eût soufflées dans mon âme. Je me sentais prêt à renoncer à Dieu, et cependant mon cœur accomplissait machinalement les formalités de la cérémonie. La belle me jeta un second coup d'œil si suppliant, si désespéré, que des lames acérées me traversèrent le cœur, que je me sentis plus de glaives dans la poitrine que la mère de douleurs.

C'en était fait, j'étais prêtre.

Jamais physionomie humaine ne peignit une angoisse aussi poignante ; la jeune fille qui voit tomber son fiancé mort subitement à côté d'elle, la mère auprès du berceau vide de son enfant, Ève assise sur le seuil de la porte du paradis, l'avare qui trouve une pierre à la place de son trésor, le poète qui a laissé rouler dans le feu le manuscrit unique de son plus bel ouvrage, n'ont point un air plus atterré et plus inconsolable. Le sang abandonna complètement sa charmante figure, et elle devint d'une blancheur de marbre ; ses beaux bras tombèrent le long de son corps, comme si les muscles en avaient été dénoués, et elle s'appuya contre un pilier, car ses jambes fléchissaient et se dérobaient sous elle. Pour moi, livide, le front inondé d'une sueur plus sanglante que celle du Calvaire, je me dirigeai en chancelant vers la porte de l'église ; j'étouffais ; les voûtes s'aplatissaient sur mes épaules, et il me semblait que ma tête soutenait seule tout le poids de la coupole.

Comme j'allais franchir le seuil, une main s'empara brusquement de la mienne ; une main de femme ! Je n'en avais jamais touché. Elle était froide comme la peau d'un serpent, et l'empreinte m'en resta brûlante comme la marque d'un fer rouge. C'était elle. « Malheureux ! malheureux ! qu'as-tu fait ? » me dit-elle à voix basse ; puis elle disparut dans la foule.

Le vieil évêque passa ; il me regarda d'un air sévère. Je faisais la plus étrange contenance du monde ; je pâlissais, je rougissais, j'avais des éblouissements. Un de mes camarades eut pitié de moi, il me prit et m'emmena ; j'aurais été incapable de retrouver tout seul le chemin du séminaire. Au détour d'une rue, pendant que le jeune prêtre tournait la tête d'un autre côté, un page nègre, bizarrement vêtu, s'approcha de moi, et me remit, sans s'arrêter dans sa course, un petit portefeuille à coins d'or ciselés, en me faisant signe de le cacher ; je le fis glisser dans ma manche et l'y tins jusqu'à ce que je fusse seul dans ma cellule. Je fis sauter le fermoir, il n'y avait que deux feuilles avec ces mots : « Clarimonde, au palais Concini. » J'étais alors si peu au courant des choses de la vie, que je ne connaissais pas Clarimonde, malgré sa célébrité, et que j'ignorais complètement où était situé le palais Concini. Je fis mille conjectures, plus extravagantes les unes que les autres ; mais à la vérité, pourvu que je pusse la revoir, j'étais fort peu inquiet de ce qu'elle pouvait être, grande dame ou courtisane.

Cet amour né tout à l'heure s'était indestructiblement enraciné ; je ne songeai même pas à essayer de l'arracher, tant je sentais que c'était là chose impossible. Cette femme s'était complètement emparée de moi, un seul regard avait suffi pour me changer ; elle m'avait soufflé sa volonté ; je ne vivais plus dans moi, mais dans elle et par elle. Je faisais mille extravagances, je baisais sur ma main la place qu'elle avait touchée, et je répétais son nom des heures entières. Je n'avais qu'à fermer les yeux pour la voir aussi distinctement que si elle eût été présente en réalité, et je me redisais ces mots, qu'elle m'avait dits sous le portail de l'église : « Malheureux ! malheureux ! qu'as-tu fait ? » Je comprenais toute l'horreur de ma situation, et les côtés funèbres et terribles de l'état que je venais d'embrasser se révélaient clairement à moi. Être prêtre ! c'est-à-dire chaste, ne pas aimer, ne distinguer ni le sexe ni l'âge, se détourner de toute beauté, se crever les yeux, ramper sous l'ombre glaciale d'un cloître ou d'une église, ne voir que des mourants, veiller auprès de cadavres inconnus et porter soi-même son deuil sur sa soutane noire, de sorte que l'on peut faire de votre habit un drap pour votre cercueil !

Et je sentais la vie monter en moi comme un lac intérieur qui s'enfle et qui déborde ; mon sang battait avec force dans mes artères ; ma jeunesse, si longtemps comprimée, éclatait tout d'un coup comme l'aloès qui met cent ans à fleurir et qui éclôt avec un coup de tonnerre.

Comment faire pour revoir Clarimonde ? Je n'avais aucun prétexte pour sortir du séminaire, ne connaissant personne dans la ville ; je n'y devais même pas rester, et j'y attendais seulement que l'on me désignât la cure que je devais occuper. J'essayai de desceller les barreaux de la fenêtre ; mais elle était à une hauteur effrayante, et n'ayant pas d'échelle, il n'y fallait pas penser. Et d'ailleurs je ne pouvais descendre que de nuit ; et comment me serais-je conduit dans l'inextricable dédale des rues ? Toutes ces difficultés, qui n'eussent rien été pour d'autres, étaient immenses pour moi, pauvre séminariste, amoureux d'hier, sans expérience, sans argent et sans habits.

Ah ! si je n'eusse pas été prêtre, j'aurais pu la voir tous les jours ; j'aurais été son amant, son époux, me disais-je dans mon aveuglement ; au lieu d'être enveloppé dans mon triste suaire, j'aurais des habits de soie et de velours, des chaînes d'or, une épée et des plumes comme les beaux jeunes cavaliers. Mes cheveux, au lieu d'être déshonorés par une large tonsure, se joueraient autour de mon cou en boucles ondoyantes. J'aurais une belle moustache cirée, je serais un vaillant. Mais une heure passée devant un autel, quelques paroles à peine articulées, me retranchaient à tout jamais du nombre des vivants, et j'avais scellé moi-même la pierre de mon tombeau, j'avais poussé de ma main le verrou de ma prison !

Je me mis à la fenêtre. Le ciel était admirablement bleu, les arbres avaient mis leur robe de printemps, la nature faisait parade d'une joie ironique. La place était pleine de monde ; les uns allaient, les autres venaient ; de jeunes muguets et de jeunes beautés, couple par couple, se dirigeaient du côté du jardin et des tonnelles. Des compagnons passaient en chantant des refrains à boire ; c'était un mouvement, une vie, un entrain, une gaieté qui faisaient péniblement ressortir mon deuil et ma solitude. Une jeune mère, sur le pas de la porte, jouait avec son enfant ; elle baisait sa petite bouche rose, encore emperlée de gouttes de lait, et lui faisait, en l'agaçant, mille de ces divines puérilités que les mères seules savent trouver. Le père, qui se tenait debout à quelque distance, souriait doucement à ce charmant groupe, et ses bras croisés pressaient sa joie sur son cœur. Je ne pus supporter ce spectacle ; je fermai la fenêtre, et je me jetai sur mon lit avec une haine et une jalousie effroyables dans le cœur, mordant mes doigts et ma couverture comme un tigre à jeun depuis trois jours.

Je ne sais pas combien de jours je restai ainsi ; mais, en me retournant dans un mouvement de spasme furieux, j'aperçus l'abbé Sérapion qui se tenait debout au milieu de la chambre et qui me considérait attentivement. J'eus honte de moi-même, et, laissant tomber ma tête sur ma poitrine, je voilai mes yeux avec mes mains.

« Romuald, mon ami, il se passe quelque chose d'extraordinaire en vous, me dit Sérapion au bout de quelques minutes de silence ; votre conduite est vraiment inexplicable ! Vous, si pieux, si calme et si doux, vous vous agitez dans votre cellule comme une bête fauve. Prenez garde, mon frère, et n'écoutez pas les suggestions du diable ; l'esprit malin, irrité de ce que vous vous êtes à tout jamais consacré au Seigneur, rôde autour de vous comme un loup ravissant et fait un dernier effort pour vous attirer à lui. Au lieu de vous laisser abattre, mon cher Romuald, faites-vous une cuirasse de prières, un bouclier de mortifications, et combattez vaillamment l'ennemi ; vous le vaincrez. L'épreuve est nécessaire à la vertu et l'or sort plus fin de la coupelle. Ne vous effrayez ni ne vous découragez ; les âmes les mieux gardées et les plus affermies ont eu de ces moments. Priez, jeûnez, méditez, et le mauvais esprit se retirera. »

Le discours de l'abbé Sérapion me fit rentrer en moi-même, et je devins un peu plus calme. « Je venais vous annoncer votre nomination à la cure de C *** ; le prêtre qui la possédait vient de mourir, et monseigneur l'évêque m'a chargé d'aller vous y installer ; soyez prêt pour demain. » Je répondis d'un signe de tête que je le serais, et l'abbé se retira. J'ouvris mon missel, et je commençai à lire des prières ; mais ces lignes se confondirent bientôt sous mes yeux ; le fil des idées s'enchevêtra dans mon cerveau, et le volume me glissa des mains sans que j'y prisse garde.

Partir demain sans l'avoir revue ! ajouter encore une impossibilité à toutes celles qui étaient déjà entre nous ! perdre à tout jamais l'espérance de la rencontrer, à moins d'un miracle ! Lui écrire ? par qui ferais-je parvenir ma lettre ? Avec le sacré caractère dont j'étais revêtu, à qui s'ouvrir, se fier ? J'éprouvais une anxiété terrible. Puis, ce que l'abbé Sérapion m'avait dit des artifices du diable me revenait en mémoire ; l'étrangeté de l'aventure, la beauté surnaturelle de Clarimonde, l'éclat phosphorique de ses yeux, l'impression brûlante de sa main, le trouble où elle m'avait jeté, le changement subit qui s'était opéré en moi, ma piété évanouie en un instant, tout cela prouvait clairement la présence du diable, et cette main satinée n'était peut-être que le gant dont il avait recouvert sa griffe. Ces idées me jetèrent dans une grande frayeur, je ramassai le missel qui de mes genoux était roulé à terre, et je me remis en prières.

Le lendemain Sérapion me vint prendre ; deux mules nous attendaient à la porte, chargées de nos maigres valises ; il monta l'une et moi l'autre tant que bien que mal.

Tout en parcourant les rues de la ville, je regardais à toutes les fenêtres et à tous les balcons si je ne verrais pas Clarimonde ; mais il était trop matin, et la ville n'avait pas encore ouvert les yeux. Mon regard tâchait de plonger derrière les stores et à travers les rideaux de tous les palais devant lesquels nous passions. Sérapion attribuait sans doute cette curiosité à l'admiration que me causait la beauté de l'architecture, car il ralentissait le pas de sa monture pour me donner le temps de voir. Enfin nous arrivâmes à la porte de la ville et nous commençâmes à gravir la colline. Quand je fus tout en haut, je me retournai pour regarder une fois encore les lieux où vivait Clarimonde. L'ombre d'un nuage couvrait entièrement la ville ; ses toits bleus et rouges étaient confondus dans une demi-teinte générale, où surnageaient çà et là, comme de blancs flocons d'écume, les fumées du matin. Par un singulier effet d'optique, se dessinait, blond et doré sous un rayon unique de lumière, un édifice qui surpassait en hauteur les constructions voisines, complètement noyées dans la vapeur ; quoiqu'il fût à plus d'une lieue, il paraissait tout proche. On en distinguait les moindres détails, les tourelles, les plates-formes, les croisées, et jusqu'aux girouettes en queue d'aronde.

« Quel est donc ce palais que je vois tout là-bas éclairé d'un rayon du soleil ? » demandai-je à Sérapion. Il mit sa main au-dessus de ses yeux, et, ayant regardé, il me répondit : « C'est l'ancien palais que le prince Concini a donné à la courtisane Clarimonde ; il s'y passe d'épouvantables choses. »

En ce moment, je ne sais encore si c'est une réalité ou une illusion, je crus voir y glisser sur la terrasse une forme svelte et blanche qui étincela une seconde et s'éteignit. C'était Clarimonde !

Oh ! savait-elle qu'à cette heure, du haut de cet âpre chemin qui m'éloignait d'elle, et que je ne devais plus redescendre, ardent et inquiet, je couvais de l'œil le palais qu'elle habitait, et qu'un jeu dérisoire de lumière semblait rapprocher de moi, comme pour m'inviter à y entrer en maître ? Sans doute, elle le savait, car son âme était trop sympathiquement liée à la mienne pour n'en point ressentir les moindres ébranlements, et c'était ce sentiment qui l'avait poussée, encore enveloppée de ses voiles de nuit, à monter sur le haut de la terrasse, dans la glaciale rosée du matin.

L'ombre gagna le palais, et ce ne fut plus qu'un océan immobile de toits et de combles où l'on ne distinguait rien qu'une ondulation montueuse. Sérapion toucha sa mule, dont la mienne prit aussitôt l'allure, et un coude du chemin me déroba pour toujours la ville de S..., car je n'y devais pas revenir. Au bout de trois journées de route par des campagnes assez tristes, nous vîmes poindre à travers les arbres le coq du clocher de l'église que je devais desservir ; et, après avoir suivi quelques rues tortueuses bordées de chaumières et de courtils, nous nous trouvâmes devant la façade, qui n'était pas d'une grande magnificence. Un porche orné de quelques nervures et de deux ou trois piliers de grès grossièrement taillés, un toit en tuiles et des contreforts du même grès que les piliers, c'était tout : à gauche le cimetière tout plein de hautes herbes, avec une grande croix de fer au milieu ; à droite et dans l'ombre de l'église, le presbytère. C'était une maison d'une simplicité extrême et d'une propreté aride. Nous entrâmes ; quelques poules picotaient sur la terre de rares grains d'avoine ; accoutumées apparemment à l'habit noir des ecclésiastiques, elles ne s'effarouchèrent point de notre présence et se dérangèrent à peine pour nous laisser passer. Un aboi éraillé et enroué se fit entendre, et nous vîmes accourir un vieux chien.

C'était le chien de mon prédécesseur. Il avait l'œil terne, le poil gris et tous les symptômes de la plus haute vieillesse où puisse atteindre un chien. Je le flattai doucement de la main, et il se mit aussitôt à marcher à côté de moi avec un air de satisfaction inexprimable. Une femme assez âgée, et qui avait été la gouvernante de l'ancien curé, vint aussi à notre rencontre, et, après m'avoir fait entrer dans une salle basse, me demanda si mon intention était de la garder. Je lui répondis que je la garderais, elle et le chien, et aussi les poules, et tout le mobilier que son maître lui avait laissé à sa mort, ce qui la fit entrer dans un transport de joie, l'abbé Sérapion lui ayant donné sur-le-champ le prix qu'elle en voulait.

Mon installation faite, l'abbé Sérapion retourna au séminaire. Je demeurai donc seul et sans autre appui que moi-même. La pensée de Clarimonde recommença à m'obséder, et, quelques efforts que je fisse pour la chasser, je n'y parvenais pas toujours. Un soir, en me promenant dans les allées bordées de buis de mon petit jardin, il me sembla voir à travers la charmille une forme de femme qui suivait tous mes mouvements, et entre les feuilles étinceler les deux prunelles vert de mer ; mais ce n'était qu'une illusion, et, ayant passé de l'autre côté de l'allée, je n'y trouvai rien qu'une trace de pied sur le sable, si petit qu'on eût dit un pied d'enfant. Le jardin était entouré de murailles très hautes ; j'en visitai tous les coins et recoins, il n'y avait personne. Je n'ai jamais pu m'expliquer cette circonstance qui, du reste, n'était rien à côté des étranges choses qui me devaient arriver. Je vivais ainsi depuis un an, remplissant avec exactitude tous les devoirs de mon état, priant, jeûnant, exhortant et secourant les malades, faisant l'aumône jusqu'à me retrancher les nécessités les plus indispensables. Mais je sentais au-dedans de moi une aridité extrême, et les sources de la grâce m'étaient fermées. Je ne jouissais pas de ce bonheur que donne l'accomplissement d'une sainte mission ; mon idée était ailleurs, et les paroles de Clarimonde me revenaient souvent sur les lèvres comme une espèce de refrain involontaire. Ô frère, méditez bien ceci ! Pour avoir levé une seule fois le regard sur une femme, pour une faute en apparence si légère, j'ai éprouvé pendant plusieurs années les plus misérables agitations : ma vie a été troublée à tout jamais.

Je ne vous retiendrai pas plus longtemps sur ces défaites et sur ces victoires intérieures toujours suivies de rechutes plus profondes, et je passerai sur-le-champ à une circonstance décisive. Une nuit l'on sonna violemment à ma porte. La vieille gouvernante alla ouvrir, et un homme au teint cuivré et richement vêtu, mais selon une mode étrangère, avec un long poignard, se dessina sous les rayons de la lanterne de Barbara. Son premier mouvement fut la frayeur ; mais l'homme la rassura, et lui dit qu'il avait besoin de me voir sur-le-champ pour quelque chose qui concernait mon ministère. Barbara le fit monter. J'allais me mettre au lit. L'homme me dit que sa maîtresse, une très grande dame, était à l'article de la mort et désirait un prêtre. Je répondis que j'étais prêt à le suivre ; je pris avec moi ce qu'il fallait pour l'extrême-onction et je descendis en toute hâte. A la porte piaffaient d'impatience deux chevaux noirs comme la nuit, et soufflant sur leur poitrail deux longs flots de fumée. Il me tint l'étrier et m'aida à monter sur l'un, puis il sauta sur l'autre en appuyant seulement une main sur le pommeau de la selle. Il serra les genoux et lâcha les guides à son cheval qui partit comme la flèche. Le mien, dont il tenait la bride, prit aussi le galop et se maintint dans une égalité parfaite. Nous dévorions le chemin ; la terre filait sous nous grise et rayée, et les silhouettes noires des arbres s'enfuyaient comme une armée en déroute. Nous traversâmes une forêt d'un sombre si opaque et si glacial, que je me sentis courir sur la peau un frisson de superstitieuse terreur. Les aigrettes d'étincelles que les fers de nos chevaux arrachaient aux cailloux laissaient sur notre passage comme une traînée de feu, et si quelqu'un, à cette heure de nuit, nous eût vus, mon conducteur et moi, il nous eût pris pour deux spectres à cheval sur le cauchemar. Des feux follets traversaient de temps en temps le chemin, et les choucas piaulaient piteusement dans l'épaisseur du bois, où brillaient de loin en loin les yeux phosphoriques de quelques chats sauvages. La crinière des chevaux s'échevelait de plus en plus, la sueur ruisselait sur leurs flancs, et leur haleine sortait bruyante et pressée de leurs narines. Mais, quand il les voyait faiblir, l'écuyer pour les ranimer poussait un cri guttural qui n'avait rien d'humain, et la course recommençait avec furie. Enfin, le tourbillon s'arrêta ; une masse noire piquée de quelques points brillants se dressa subitement devant nous ; les pas de nos montures sonnèrent plus bruyants sur un plancher ferré, et nous entrâmes sous une voûte qui ouvrait sa gueule sombre entre deux énormes tours. Une grande agitation régnait dans le château ; des domestiques avec des torches à la main traversaient les cours en tous sens, et des lumières montaient et descendaient de palier en palier. J'entrevis confusément d'immenses architectures, des colonnes, des arcades, des perrons et des rampes, un luxe de construction tout à fait royal et féerique. Un page nègre, le même qui m'avait donné les tablettes de Clarimonde et que je reconnus à l'instant, me vint aider à descendre, et un majordome, vêtu de velours noir avec une chaîne d'or au col et une canne d'ivoire à la main, s'avança au-devant de moi. De grosses larmes débordaient de ses yeux et coulaient le long de ses joues sur sa barbe blanche. « Trop tard ! fit-il en hochant la tête, trop tard ! seigneur prêtre ; mais, si vous n'avez pu sauver l'âme, venez veiller le pauvre corps. » Il me prit par le bras et me conduisit à la salle funèbre ; je pleurais aussi fort que lui, car j'avais compris que la morte n'était autre que cette Clarimonde tant et si follement aimée. Un prie-Dieu était disposé à côté du lit ; une flamme bleuâtre voltigeant sur une patère de bronze jetait par toute la chambre un jour faible et douteux, et çà et là faisait papilloter dans l'ombre quelque arête saillante de meuble ou de corniche. Sur la table, dans une urne ciselée, trempait une rose blanche fanée dont les feuilles, à l'exception d'une seule qui tenait encore, étaient toutes tombées au pied du vase comme des larmes odorantes ; un masque noir brisé, un éventail, des déguisements de toute espèce, traînaient sur les fauteuils et faisaient voir que la mort était arrivée dans cette somptueuse demeure à l'improviste et sans se faire annoncer. Je m'agenouillai sans oser jeter les yeux sur le lit, et je me mis à réciter les psaumes avec une grande ferveur, remerciant

Dieu qu'il eût mis la tombe entre l'idée de cette femme et moi, pour que je pusse ajouter à mes prières son nom désormais sanctifié. Mais peu à peu cet élan se ralentit, et je tombai en rêverie. Cette chambre n'avait rien d'une chambre de mort. Au lieu de l'air fétide et cadavéreux que j'étais accoutumé à respirer en ces veilles funèbres, une langoureuse fumée d'essences orientales, je ne sais quelle amoureuse odeur de femme, nageait doucement dans l'air attiédi. Cette pâle lueur avait plutôt l'air d'un demi-jour ménagé pour la volupté que de la veilleuse au reflet jaune qui tremblote près des cadavres. Je songeais au singulier hasard qui m'avait fait retrouver Clarimonde au moment où je la perdais pour toujours, et un soupir de regret s'échappa de ma poitrine. Il me sembla qu'on avait soupiré aussi derrière moi, et je me retournai involontairement. C'était l'écho. Dans ce mouvement mes yeux tombèrent sur le lit de parade qu'ils avaient jusqu'alors évité. Les rideaux de damas rouge à grandes fleurs, relevés par des torsades d'or, laissaient voir la morte couchée tout de son long et les mains jointes sur la poitrine. Elle était couverte d'un voile de lin d'une blancheur éblouissante, que le pourpre sombre de la tenture faisait encore mieux ressortir, et d'une telle finesse qu'il ne dérobait en rien la forme charmante de son corps et permettait de suivre ces belles lignes onduleuses comme le cou d'un cygne que la mort même n'avait pu raidir. On eût dit une statue d'albâtre faite par quelque sculpteur habile pour mettre sur un tombeau de reine, ou encore une jeune fille endormie sur qui il aurait neigé.

Je ne pouvais plus y tenir ; cet air d'alcôve m'enivrait, cette fébrile senteur de rose à demi fanée me montait au cerveau, et je marchais à grands pas dans la chambre, m'arrêtant à chaque tour devant l'estrade pour considérer la gracieuse trépassée sous la transparence de son linceul. D'étranges pensées me traversaient l'esprit ; je me figurais qu'elle n'était point morte réellement, et que ce n'était qu'une feinte qu'elle avait employée pour m'attirer dans son château et me conter son amour. Un instant même je crus avoir vu bouger son pied dans la blancheur des voiles, et se déranger les plis droits du suaire.

Et puis je me disais : « Est-ce bien Clarimonde ? quelle preuve en ai-je ? Ce page noir ne peut-il être passé au service d'une autre femme ? Je suis bien fou de me désoler et de m'agiter ainsi. » Mais mon cœur me répondit avec un battement : « C'est bien elle, c'est bien elle. » Je me rapprochai du lit, et je regardai avec un redoublement d'attention l'objet de mon incertitude. Vous l'avouerai-je ? cette perfection de formes, quoique purifiée et sanctifiée par l'ombre de la mort, me troublait plus voluptueusement qu'il n'aurait fallu, et ce repos ressemblait tant à un sommeil que l'on s'y serait trompé. J'oubliais que j'étais venu là pour un office funèbre, et je m'imaginais que j'étais un jeune époux entrant dans la chambre de la fiancée qui cache sa figure par pudeur et qui ne se veut point laisser voir. Navré de douleur, éperdu de joie, frissonnant de crainte et de plaisir, je me penchai vers elle et je pris le coin du drap ; je le soulevai lentement en retenant mon souffle de peur de l'éveiller. Mes artères palpitaient avec une telle force, que je les sentais siffler dans mes tempes, et mon front ruisselait de sueur comme si j'eusse remué une dalle de marbre. C'était en effet la Clarimonde telle que je l'avais vue à l'église lors de mon ordination ; elle était aussi charmante, et la mort chez elle semblait une coquetterie de plus. La pâleur de ses joues, le rose moins vif de ses lèvres, ses longs cils baissés et découpant leur frange brune sur cette blancheur, lui donnaient une expression de chasteté mélancolique et de souffrance pensive d'une puissance de séduction inexprimable ; ses longs cheveux dénoués, où se trouvaient encore mêlées quelques petites fleurs bleues, faisaient un oreiller à sa tête et protégeaient de leurs boucles la nudité de ses épaules : ses belles mains, plus pures, plus diaphanes que des hosties, étaient croisées dans une attitude de pieux repos et de tacite prière, qui corrigeait ce qu'auraient pu avoir de trop séduisant, même dans la mort, l'exquise rondeur et le poli d'ivoire de ses bras nus dont on n'avait pas ôté les bracelets de perles. Je restai longtemps absorbé dans une muette contemplation, et, plus je la regardais, moins je pouvais croire que la vie avait pour toujours abandonné ce beau corps. Je ne sais si cela était une illusion ou un reflet de la lampe, mais on eût dit que le sang recommençait à circuler sous cette mate pâleur ; cependant elle était toujours de la plus parfaite immobilité. Je touchai légèrement son bras ; il était froid, mais pas plus froid pourtant que sa main le jour qu'elle avait effleuré la mienne sous le portail de l'église. Je repris ma position, penchant ma figure sur la sienne et laissant pleuvoir sur ses joues la tiède rosée de mes larmes. Ah ! quel sentiment amer de désespoir et d'impuissance ! quelle agonie que cette veille ! j'aurais voulu pouvoir ramasser ma vie en un monceau pour la lui donner et souffler sur sa dépouille glacée la flamme qui me dévorait. La nuit s'avançait, et, sentant approcher le moment de la séparation éternelle, je ne pus me refuser cette triste et suprême douceur de déposer un baiser sur les lèvres mortes de celle qui avait eu tout mon amour. Ô prodige ! un léger souffle se mêla à mon souffle, et la bouche de Clarimonde répondit à la pression de la mienne : ses yeux s'ouvrirent et reprirent un peu d'éclat, elle fit un soupir, et, décroisant ses bras, elle les passa derrière mon cou avec un air de ravissement ineffable. « Ah ! c'est toi, Romuald, dit-elle d'une voix languissante et douce comme les dernières vibrations d'une harpe ; que fais-tu donc ? Je t'ai attendu si longtemps, que je suis morte ; mais maintenant nous sommes fiancés, je pourrai te voir et aller chez toi. Adieu, Romuald, adieu ! je t'aime ; c'est tout ce que je voulais te dire, et je te rends la vie que tu as rappelée sur moi une minute avec ton baiser ; à bientôt. »

Sa tête retomba en arrière, mais elle m'entourait toujours de ses bras comme pour me retenir. Un tourbillon de vent furieux défonça la fenêtre et entra dans la chambre ; la dernière feuille de la rose blanche palpita quelque temps comme une aile au bout de la tige, puis elle se détacha et s'envola par la croisée ouverte, emportant avec elle l'âme de Clarimonde. La lampe s'éteignit et je tombai évanoui sur le sein de la belle morte.

Quand je revins à moi, j'étais couché sur mon lit, dans ma petite chambre du presbytère, et le vieux chien de l'ancien curé léchait ma main allongée hors de la couverture. Barbara s'agitait dans la chambre avec un tremblement sénile, ouvrant et fermant des tiroirs, ou remuant des poudres dans des verres. En me voyant ouvrir les yeux, la vieille poussa un cri de joie, le chien jappa et frétilla de la queue ; mais j'étais si faible, que je ne pus prononcer une seule parole ni faire aucun mouvement. J'ai su depuis que j'étais resté trois jours ainsi, ne donnant d'autre signe d'existence qu'une respiration presque insensible. Ces trois jours ne comptent pas dans ma vie, et je ne sais où mon esprit était allé pendant tout ce temps ; je n'en ai gardé aucun souvenir. Barbara m'a conté que le même homme au teint cuivré, qui m'était venu chercher pendant la nuit, m'avait ramené le matin dans une litière fermée et s'en était retourné aussitôt. Dès que je pus rappeler mes idées, je repassai en moi-même toutes les circonstances de cette nuit fatale. D'abord je pensai que j'avais été le jouet d'une illusion magique ; mais des circonstances réelles et palpables détruisirent bientôt cette supposition. Je ne pouvais croire que j'avais rêvé, puisque Barbara avait vu comme moi l'homme aux deux chevaux noirs et qu'elle en décrivait l'ajustement et la tournure avec exactitude. Cependant personne ne connaissait dans les environs un château auquel s'appliquât la description du château où j'avais retrouvé Clarimonde.

Un matin je vis entrer l'abbé Sérapion. Barbara lui avait mandé que j'étais malade, et il était accouru en toute hâte. Quoique cet empressement démontrât de l'affection et de l'intérêt pour ma personne, sa visite ne me fit pas le plaisir qu'elle m'aurait dû faire. L'abbé Sérapion avait dans le regard quelque chose de pénétrant et d'inquisiteur qui me gênait. Je me sentais embarrassé et coupable devant lui. Le premier il avait découvert mon trouble intérieur, et je lui en voulais de sa clairvoyance.

Tout en me demandant des nouvelles de ma santé d'un ton hypocritement mielleux, il fixait sur moi ses deux jaunes prunelles de lion et plongeait comme une sonde ses regards dans mon âme. Puis il me fit quelques questions sur la manière dont je dirigeais ma cure, si je m'y plaisais, à quoi je passais le temps que mon ministère me laissait libre, si j'avais fait quelques connaissances parmi les habitants du lieu, quelles étaient mes lectures favorites, et mille autres détails semblables. Je répondais à tout cela le plus brièvement possible, et lui-même, sans attendre que j'eusse achevé, passait à autre chose. Cette conversation n'avait évidemment aucun rapport avec ce qu'il voulait dire. Puis, sans préparation aucune, et comme une nouvelle dont il se souvenait à l'instant et qu'il eût craint d'oublier ensuite, il me dit d'une voix claire et vibrante qui résonna à mon oreille comme les trompettes du jugement dernier :

« La grande courtisane Clarimonde est morte dernièrement, à la suite d'une orgie qui a duré huit jours et huit nuits. Ç'a été quelque chose d'infernalement splendide. On a renouvelé là les abominations des festins de Balthazar et de Cléopâtre. Dans quel siècle vivons-nous, bon Dieu ! Les convives étaient servis par des esclaves basanés parlant un langage inconnu, et qui m'ont tout l'air de vrais démons ; la livrée du moindre d'entre eux eût pu servir d'habit de gala à un empereur. Il a couru de tout temps sur cette Clarimonde de bien étranges histoires, et tous ses amants ont fini d'une manière misérable ou violente. On a dit que c'était une goule, un vampire femelle ; mais je crois que c'était Belzébuth en personne. »

Il se tut et m'observa plus attentivement que jamais, pour voir l'effet que ses paroles avaient produit sur moi. Je n'avais pu me défendre d'un mouvement en entendant nommer Clarimonde, et cette nouvelle de sa mort, outre la douleur qu'elle me causait par son étrange coïncidence avec la scène nocturne dont j'avais été témoin, me jeta dans un trouble et un effroi qui parurent sur ma figure, quoi que je fisse pour m'en rendre maître. Sérapion me jeta un coup d'œil inquiet et sévère ; puis il me dit : « Mon fils, je dois vous en avertir, vous avez le pied levé sur un abîme, prenez garde d'y tomber. Satan a la griffe longue, et les tombeaux ne sont pas toujours fidèles. La pierre de Clarimonde devrait être scellée d'un triple sceau ; car ce n'est pas, à ce qu'on dit, la première fois qu'elle est morte. Que Dieu veille sur vous, Romuald ! »

Après avoir dit ces mots, Sérapion regagna la porte à pas lents, et je ne le revis plus ; car il partit pour S*** presque aussitôt.

J'étais entièrement rétabli et j'avais repris mes fonctions habituelles. Le souvenir de Clarimonde et les paroles du vieil abbé étaient toujours présents à mon esprit ; cependant aucun événement extraordinaire n'était venu confirmer les prévisions funèbres de Sérapion, et je commençais à croire que ses craintes et mes terreurs étaient trop exagérées ; mais une nuit je fis un rêve. J'avais à peine bu les premières gorgées du sommeil, que j'entendis ouvrir les rideaux de mon lit et glisser les anneaux sur les tringles avec un bruit éclatant ; je me soulevai brusquement sur le coude, et je vis une ombre de femme qui se tenait debout devant moi. Je reconnus sur-le-champ Clarimonde. Elle portait à la main une petite lampe de la forme de celles qu'on met dans les tombeaux, dont la lueur donnait à ses doigts effilés une transparence rose qui se prolongeait par une dégradation insensible jusque dans la blancheur opaque et laiteuse de son bras nu. Elle avait pour tout vêtement le suaire de lin qui la recouvrait sur son lit de parade, dont elle retenait les plis sur sa poitrine, comme honteuse d'être si peu vêtue, mais sa petite main n'y suffisait pas ; elle était si blanche, que la couleur de la draperie se confondait avec celle des chairs sous le pâle rayon de la lampe. Enveloppée de ce fin tissu qui trahissait tous les contours de son corps, elle ressemblait à une statue de marbre de baigneuse antique plutôt qu'à une femme douée de vie. Morte ou vivante, statue ou femme, ombre ou corps, sa beauté était toujours la même ; seulement l'éclat vert de ses prunelles était un peu amorti, et sa bouche, si vermeille autrefois, n'était plus teintée que d'un rose faible et tendre presque semblable à celui de ses joues. Les petites fleurs bleues que j'avais remarquées dans ses cheveux étaient tout à fait sèches et avaient presque perdu toutes leurs feuilles ; ce qui ne l'empêchait pas d'être charmante, si charmante que, malgré la singularité de l'aventure et la façon inexplicable dont elle était entrée dans la chambre, je n'eus pas un instant de frayeur.

Elle posa la lampe sur la table et s'assit sur le pied de mon lit, puis elle me dit en se penchant vers moi avec cette voix argentine et veloutée à la fois que je n'ai connue qu'à elle :

« Je me suis bien fait attendre, mon cher Romuald, et tu as dû croire que je t'avais oublié. Mais je viens de bien loin, et d'un endroit d'où personne n'est encore revenu ; il n'y a ni lune ni soleil au pays d'où j'arrive ; ce n'est que de l'espace et de l'ombre ; ni chemin, ni sentier ; point de terre pour le pied, point d'air pour l'aile ; et pourtant me voici, car l'amour est plus fort que la mort, et il finira par la vaincre. Ah ! que de faces mornes et de choses terribles j'ai vues dans mon voyage ! Que de peine mon âme, rentrée dans ce monde par la puissance de la volonté, a eue pour retrouver son corps et s'y réinstaller ! Que d'efforts il m'a fallu faire avant de lever la dalle dont on m'avait couverte ! Tiens ! le dedans de mes pauvres mains en est tout meurtri. Baise-les pour les guérir, cher amour ! » Elle m'appliqua l'une après l'autre les paumes froides de ses mains sur la bouche ; je les baisai en effet plusieurs fois, et elle me regardait faire avec un sourire d'ineffable complaisance.

Je l'avoue à ma honte, j'avais totalement oublié les avis de l'abbé Sérapion et le caractère dont j'étais revêtu. J'étais tombé sans résistance et au premier assaut. Je n'avais pas même essayé de repousser le tentateur ; la fraîcheur de la peau de Clarimonde pénétrait la mienne, et je me sentais courir sur le corps de voluptueux frissons. La pauvre enfant ! malgré tout ce que j'en ai vu, j'ai peine à croire encore que ce fût un démon ; du moins elle n'en avait pas l'air, et jamais Satan n'a mieux caché ses griffes et ses cornes. Elle avait reployé ses talons sous elle et se tenait accroupie sur le bord de la couchette dans une position pleine de coquetterie nonchalante. De temps en temps elle passait sa petite main à travers mes cheveux et les roulait en boucles comme pour essayer à mon visage de nouvelles coiffures. Je me laissais faire avec la plus coupable complaisance, et elle accompagnait tout cela du plus charmant babil. Une chose remarquable, c'est que je n'éprouvais aucun étonnement d'une aventure aussi extraordinaire, et, avec cette facilité que l'on a dans la vision d'admettre comme fort simples les événements les plus bizarres, je ne voyais rien là que de parfaitement naturel.

« Je t'aimais bien longtemps avant de t'avoir vu, mon cher Romuald, et je te cherchais partout. Tu étais mon rêve, et je t'ai aperçu dans l'église au fatal moment ; j'ai dit tout de suite : "C'est lui !" Je te jetai un regard où je mis tout l'amour que j'avais eu, que j'avais et que je devais avoir pour toi ; un regard à damner un cardinal, à faire agenouiller un roi à mes pieds devant toute sa cour. Tu restas impassible et tu me préféras ton Dieu.

« Ah ! que je suis jalouse de Dieu, que tu as aimé et que tu aimes encore plus que moi !

« Malheureuse, malheureuse que je suis ! je n'aurai jamais ton cœur à moi toute seule, moi que tu as ressuscitée d'un baiser, Clarimonde la morte, qui force à cause de toi les portes du tombeau et qui vient te consacrer une vie qu'elle n'a reprise que pour te rendre heureux ! »

Toutes ces paroles étaient entrecoupées de caresses délirantes qui étourdirent mes sens et ma raison au point que je ne craignis point pour la consoler de proférer un effroyable blasphème, et de lui dire que je l'aimais autant que Dieu.

Ses prunelles se ravivèrent et brillèrent comme des chrysoprases. « Vrai ! bien vrai ! autant que Dieu ! dit-elle en m'enlaçant dans ses beaux bras. Puisque c'est ainsi, tu viendras avec moi, tu me suivras où je voudrai. Tu laisseras tes vilains habits noirs. Tu seras le plus fier et le plus envié des cavaliers, tu seras mon amant. Être l'amant avoué de Clarimonde, qui a refusé un pape, c'est beau, cela ! Ah ! la bonne vie bien heureuse, la belle existence dorée que nous mènerons ! Quand partons-nous, mon gentilhomme ?

— Demain ! demain ! m'écriai-je dans mon délire.

— Demain, soit ! reprit-elle. J'aurai le temps de changer de toilette, car celle-ci est un peu succincte et ne vaut rien pour le voyage. Il faut aussi que j'aille avertir mes gens qui me croient sérieusement morte et qui se désolent tant qu'ils peuvent. L'argent, les habits, les voitures, tout sera prêt ; je te viendrai prendre à cette heure-ci. Adieu, cher cœur. » Et elle effleura mon front du bout de ses lèvres. La lampe s'éteignit, les rideaux se refermèrent, et je ne vis plus rien ; un sommeil de plomb, un sommeil sans rêve s'appesantit sur moi et me tint engourdi jusqu'au lendemain matin. Je me réveillai plus tard que de coutume, et le souvenir de cette singulière vision m'agita toute la journée ; je finis par me persuader que c'était une pure vapeur de mon imagination échauffée. Cependant les sensations avaient été si vives, qu'il était difficile de croire qu'elles n'étaient pas réelles, et ce ne fut pas sans quelque appréhension de ce qui allait arriver que je me mis au lit, après avoir prié Dieu d'éloigner de moi les mauvaises pensées et de protéger la chasteté de mon sommeil.

Je m'endormis bientôt profondément, et mon rêve se continua. Les rideaux s'écartèrent, et je vis Clarimonde, non pas, comme la première fois, pâle dans son pâle suaire et les violettes de la mort sur les joues, mais gaie, leste et pimpante, avec un superbe habit de voyage en velours vert orné de ganses d'or et retroussé sur le côté pour laisser voir une jupe de satin. Ses cheveux blonds s'échappaient en grosses boucles de dessous un large chapeau de feutre noir chargé de plumes blanches capricieusement contournées ; elle tenait à la main une petite cravache terminée par un sifflet d'or. Elle m'en toucha légèrement et me dit : « Eh bien ! beau dormeur, est-ce ainsi que vous faites vos préparatifs ? Je comptais vous trouver debout. Levez-vous bien vite, nous n'avons pas de temps à perdre. » Je sautai à bas du lit.

« Allons, habillez-vous et partons, dit-elle en me montrant du doigt un petit paquet qu'elle avait apporté ; les chevaux s'ennuient et rongent leur frein à la porte. Nous devrions déjà être à dix lieues d'ici. »

Je m'habillai en hâte, et elle me tendait elle-même les pièces du vêtement, en riant aux éclats de ma gaucherie, et en m'indiquant leur usage quand je me trompais. Elle donna du tour à mes cheveux, et, quand ce fut fait, elle me tendit un petit miroir de poche en cristal de Venise, bordé d'un filigrane d'argent, et me dit : « Comment te trouves-tu ? veux-tu me prendre à ton service comme valet de chambre ? »

Je n'étais plus le même, et je ne me reconnus pas. Je ne me ressemblais pas plus qu'une statue achevée ne ressemble à un bloc de pierre. Mon ancienne figure avait l'air de n'être que l'ébauche grossière de celle que réfléchissait le miroir. J'étais beau, et ma vanité fut sensiblement chatouillée de cette métamorphose. Ces élégants habits, cette riche veste brodée, faisaient de moi un tout autre personnage, et j'admirai la puissance de quelques aunes d'étoffe taillées d'une certaine manière. L'esprit de mon costume me pénétrait la peau, et au bout de dix minutes j'étais passablement fat.

Je fis quelques tours par la chambre pour me donner de l'aisance. Clarimonde me regardait d'un air de complaisance maternelle et paraissait très contente de son œuvre. « Voilà bien assez d'enfantillage ; en route, mon cher Romuald ! nous allons loin et nous n'arriverons pas. » Elle me prit la main et m'entraîna. Toutes les portes s'ouvraient devant elle aussitôt qu'elle les touchait, et nous passâmes devant le chien sans l'éveiller.

À la porte, nous trouvâmes Margheritone ; c'était l'écuyer qui m'avait déjà conduit ; il tenait en bride trois chevaux noirs comme les premiers, un pour moi, un pour lui, un pour Clarimonde. Il fallait que ces chevaux fussent des genets d'Espagne, nés de juments fécondées par le zéphyr ; car ils allaient aussi vite que le vent, et la lune, qui s'était levée à notre départ pour nous éclairer roulait dans le ciel comme une roue détachée de son char ; nous la voyions à notre droite sauter d'arbre en arbre et s'essouffler pour courir après nous. Nous arrivâmes bientôt dans une plaine où, auprès d'un bouquet d'arbres, nous attendait une voiture attelée de quatre vigoureuses bêtes ; nous y montâmes, et les postillons leur firent prendre un galop insensé. J'avais un bras passé derrière la taille de Clarimonde et une de ses mains ployée dans la mienne ; elle appuyait sa tête à mon épaule, et je sentais sa gorge demi-nue frôler mon bras. Jamais je n'avais éprouvé un bonheur aussi vif. J'avais oublié tout en ce moment-là, et je ne me souvenais pas plus d'avoir été prêtre que de ce que j'avais fait dans le sein de ma mère, tant était grande la fascination que l'esprit malin exerçait sur moi. À dater de cette nuit, ma nature s'est en quelque sorte dédoublée, et il y eut en moi deux hommes dont l'un ne connaissait pas l'autre. Tantôt je me croyais un prêtre qui rêvait chaque soir qu'il était gentilhomme, tantôt un gentilhomme qui rêvait qu'il était prêtre. Je ne pouvais plus distinguer le songe de la veille, et je ne savais pas où commençait la réalité et où finissait l'illusion. Le jeune seigneur fat et libertin se raillait du prêtre, le prêtre détestait les dissolutions du jeune seigneur. Deux spirales enchevêtrées l'une dans l'autre et confondues sans se toucher jamais représentent très bien cette vie bicéphale qui fut la mienne. Malgré l'étrangeté de cette position, je ne crois pas avoir un seul instant touché à la folie. J'ai toujours conservé très nettes les perceptions de mes deux existences. Seulement, il y avait un fait absurde que je ne pouvais m'expliquer : c'est que le sentiment du même moi existât dans deux hommes si différents. C'était une anomalie dont je ne me rendais pas compte, soit que je crusse être le curé du petit village de***, ou *il signor Romualdo*, amant en titre de la Clarimonde.

Toujours est-il que j'étais ou du moins que je croyais être à Venise ; je n'ai pu encore bien démêler ce qu'il y avait d'illusion et de réalité dans cette bizarre aventure. Nous habitions un grand palais de marbre sur le Canaleio, plein de fresques et de statues, avec deux Titiens du meilleur temps dans la chambre à coucher de la Clarimonde, un palais digne d'un roi. Nous avions chacun notre gondole et nos barcarolles [1] à notre livrée, notre chambre de musique et notre poète. Clarimonde entendait la vie d'une grande manière, et elle avait un peu de Cléopâtre dans sa nature. Quant à moi, je menais un train de fils de prince, et je faisais une poussière comme si j'eusse été de la famille de l'un des douze apôtres ou des quatre évangélistes de la sérénissime république ; je ne me serais pas détourné de mon chemin pour laisser passer le doge, et je ne crois pas que, depuis Satan qui tomba du ciel, personne ait été plus orgueilleux et plus insolent que moi. J'allais au Ridotto, et je jouais un jeu d'enfer. Je voyais la meilleure société du monde, des fils de famille ruinés, des femmes de théâtre, des escrocs, des parasites et des spadassins. Cependant, malgré la dissipation de cette vie, je restai fidèle à la Clarimonde. Je l'aimais éperdument. Elle eût réveillé la satiété même et fixé l'inconstance. Avoir Clarimonde, c'était avoir vingt maîtresses, c'était avoir toutes les femmes, tant elle était mobile, changeante et dissemblable d'elle-même ; un vrai caméléon ! Elle vous faisait commettre avec elle l'infidélité que vous eussiez commise avec d'autres, en prenant complètement le caractère, l'allure et le genre de

1. Gondoliers vénitiens.

beauté de la femme qui paraissait vous plaire. Elle me rendait mon amour au centuple, et c'est en vain que les jeunes patriciens et même les vieux du conseil des Dix lui firent les plus magnifiques propositions. Un Foscari [1] alla même jusqu'à lui proposer de l'épouser ; elle refusa tout. Elle avait assez d'or ; elle ne voulait plus que de l'amour, un amour jeune, pur, éveillé par elle, et qui devait être le premier et le dernier. J'aurais été parfaitement heureux sans un maudit cauchemar qui revenait toutes les nuits, et où je me croyais un curé de village se macérant et faisant pénitence de mes excès du jour. Rassuré par l'habitude d'être avec elle, je ne songeais plus à la façon étrange dont j'avais fait connaissance avec Clarimonde. Cependant, ce qu'en avait dit l'abbé Sérapion me revenait quelquefois en mémoire et ne laissait pas que de me donner de l'inquiétude.

Depuis quelque temps la santé de Clarimonde n'était pas aussi bonne ; son teint s'amortissait de jour en jour. Les médecins qu'on fit venir n'entendaient rien à sa maladie, et ils ne savaient qu'y faire. Ils prescrivirent quelques remèdes insignifiants et ne revinrent plus. Cependant elle pâlissait à vue d'œil et devenait de plus en plus froide. Elle était presque aussi blanche et aussi morte que la fameuse nuit dans le château inconnu. Je me désolais de la voir ainsi lentement dépérir. Elle, touchée de ma douleur, me souriait doucement et tristement avec le sourire fatal des gens qui savent qu'ils vont mourir.

Un matin, j'étais assis auprès de son lit, et je déjeunais sur une petite table pour ne la pas quitter d'une minute. En coupant un fruit, je me fis par hasard au doigt une entaille assez profonde. Le sang

1. Grande famille vénitienne.

partit aussitôt en filets pourpres, et quelques gouttes rejaillirent sur Clarimonde. Ses yeux s'éclairèrent, sa physionomie prit une expression de joie féroce et sauvage que je ne lui avais jamais vue. Elle sauta à bas du lit avec une agilité animale, une agilité de singe ou de chat, et se précipita sur ma blessure qu'elle se mit à sucer avec un air d'indicible volupté. Elle avalait le sang par petites gorgées, lentement et précieusement, comme un gourmet qui savoure un vin de Xérès ou de Syracuse ; elle clignait les yeux à demi, et la pupille de ses prunelles vertes était devenue oblongue au lieu de ronde. De temps à autre elle s'interrompait pour me baiser la main, puis elle recommençait à presser de ses lèvres les lèvres de la plaie pour en faire sortir encore quelques gouttes rouges. Quand elle vit que le sang ne venait plus, elle se releva l'œil humide et brillant, plus rose qu'une aurore de mai, la figure pleine, la main tiède et moite, enfin plus belle que jamais et dans un état parfait de santé.

« Je ne mourrai pas ! je ne mourrai pas ! dit-elle à moitié folle de joie et en se pendant à mon cou ; je pourrai t'aimer encore longtemps. Ma vie est dans la tienne, et tout ce qui est moi vient de toi. Quelques gouttes de ton riche et noble sang, plus précieux et plus efficace que tous les élixirs du monde, m'ont rendu l'existence. »

Cette scène me préoccupa longtemps et m'inspira d'étranges doutes à l'endroit de Clarimonde, et le soir même, lorsque le sommeil m'eut ramené à mon presbytère, je vis l'abbé Sérapion plus grave et plus soucieux que jamais. Il me regarda attentivement et me dit : « Non content de perdre votre âme, vous voulez aussi perdre votre corps. Infortuné jeune homme, dans quel piège êtes-vous tombé ! » Le ton dont il me dit ce peu de mots me frappa vivement ;

Je me suis ratée au contrôle

mais, malgré sa vivacité, cette impression fut bientôt dissipée, et mille autres soins l'effacèrent de mon esprit. Cependant, un soir, je vis dans ma glace, dont elle n'avait pas calculé la perfide position, Clarimonde qui versait une poudre dans la coupe de vin épicé qu'elle avait coutume de préparer après le repas. Je pris la coupe, je feignis d'y porter mes lèvres, et je la posai sur quelque meuble comme pour l'achever plus tard à mon loisir, et, profitant d'un instant où la belle avait le dos tourné, j'en jetai le contenu sous la table ; après quoi je me retirai dans ma chambre et je me couchai, bien déterminé à ne pas dormir et à voir ce que tout cela deviendrait. Je n'attendis pas longtemps ; Clarimonde entra en robe de nuit, et, s'étant débarrassée de ses voiles, s'allongea dans le lit auprès de moi. Quand elle se fut bien assurée que je dormais, elle découvrit mon bras et tira une épingle d'or de sa tête ; puis elle se mit à murmurer à voix basse :

« Une goutte, rien qu'une petite goutte rouge, un rubis au bout de mon aiguille !... Puisque tu m'aimes encore, il ne faut pas que je meure... Ah ! pauvre amour ! son beau sang d'une couleur pourpre si éclatante, je vais le boire. Dors, mon seul bien ; dors, mon dieu, mon enfant ; je ne te ferai pas de mal, je ne prendrai de ta vie que ce qu'il faudra pour ne pas laisser éteindre la mienne. Si je ne t'aimais pas tant, je pourrais me résoudre à avoir d'autres amants dont je tarirais les veines ; mais depuis que je te connais, j'ai tout le monde en horreur... Ah ! le beau bras ! comme il est rond ! comme il est blanc ! je n'oserai jamais piquer cette jolie veine bleue. » Et, tout en disant cela, elle pleurait, et je sentais pleuvoir ses larmes sur mon bras qu'elle tenait entre ses mains. Enfin elle se décida, me fit une petite piqûre avec son aiguille et se mit à pomper le sang qui en coulait. Quoiqu'elle en eût bu à peine quelques gouttes, la crainte de m'épuiser la prenant, elle m'entoura avec soin le bras d'une petite bandelette après avoir frotté la plaie d'un onguent qui la cicatrisa sur-le-champ.

Je ne pouvais plus avoir de doutes, l'abbé Sérapion avait raison. Cependant, malgré cette certitude, je ne pouvais m'empêcher d'aimer Clarimonde, et je lui aurais volontiers donné tout le sang dont elle avait besoin pour soutenir son existence factice. D'ailleurs, je n'avais pas grand-peur ; la femme me répondait du vampire, et ce que j'avais entendu et vu me rassurait complètement ; j'avais alors des veines plantureuses qui ne se seraient pas de sitôt épuisées, et je ne marchandais pas ma vie goutte à goutte. Je me serais ouvert le bras moi-même et je lui aurais dit : « Bois ! et que mon amour s'infiltre dans ton corps avec mon sang ! » J'évitais de faire la moindre allusion au narcotique qu'elle m'avait versé et à la scène de l'aiguille, et nous vivions dans le plus parfait accord. Pourtant mes scrupules de prêtre me tourmentaient plus que jamais, et je ne savais quelle macération nouvelle inventer pour mater et mortifier ma chair. Quoique toutes ces visions fussent involontaires et que je n'y participasse en rien, je n'osais pas toucher le Christ avec des mains aussi impures et un esprit souillé par de pareilles débauches réelles ou rêvées. Pour éviter de tomber dans ces fatigantes hallucinations, j'essayais de m'empêcher de dormir, je tenais mes paupières ouvertes avec les doigts et je restais debout au long des murs, luttant contre le sommeil de toutes mes forces ; mais le sable de l'assoupissement me roulait bientôt dans les yeux, et, voyant que toute lutte était inutile, je laissais tomber les bras de découragement et de lassitude, et le courant me rentraînait vers les rives perfides. Sérapion me faisait les plus véhémentes exhortations, et me reprochait durement ma mollesse et mon peu de ferveur. Un jour que j'avais été plus agité qu'à l'ordinaire, il me dit : « Pour vous débarrasser de cette obsession, il n'y a qu'un moyen, et, quoiqu'il soit extrême, il le faut employer : aux grands maux les grands remèdes. Je sais où Clarimonde a été enterrée ; il faut que nous la déterrions et que vous voyiez dans quel état pitoyable est l'objet de votre amour ; vous ne serez plus tenté de perdre votre âme pour un cadavre immonde dévoré des vers et près de tomber en poudre ; cela vous fera assurément rentrer en vous-même. » Pour moi, j'étais si fatigué de cette double vie, que j'acceptai ; voulant savoir, une fois pour toutes, qui du prêtre ou du gentilhomme était dupe d'une illusion, j'étais décidé à tuer au profit de l'un ou de l'autre un des deux hommes qui étaient en moi ou à les tuer tous deux, car une pareille vie ne pouvait durer. L'abbé Sérapion se munit d'une pioche, d'un levier et d'une lanterne, et à minuit nous nous dirigeâmes vers le cimetière de ***, dont il connaissait parfaitement le gisement et la disposition. Après avoir porté la lumière de la lanterne sourde sur les inscriptions de plusieurs tombeaux, nous arrivâmes enfin à une pierre à moitié cachée par les grandes herbes et dévorée de mousses et de plantes parasites, où nous déchiffrâmes ce commencement d'inscription :

*Ici gît Clarimonde*
*Qui fut de son vivant*
*La plus belle du monde.*

« C'est bien ici », dit Sérapion, et, posant à terre sa lanterne, il glissa la pince dans l'interstice de la pierre et commença à la soulever. La pierre céda, et il se mit à l'ouvrage avec la pioche. Moi, je le regardais faire, plus noir et plus silencieux que la nuit elle-même ; quant à lui, courbé sur son œuvre funèbre, il ruisselait de sueur, il haletait, et son souffle pressé avait l'air d'un râle d'agonisant. C'était un spectacle étrange, et qui nous eût vus du dehors nous eût plutôt pris pour des profanateurs et des voleurs de linceuls, que pour des prêtres de Dieu. Le zèle de Sérapion avait quelque chose de dur et de sauvage qui le faisait ressembler à un démon plutôt qu'à un apôtre ou à un ange, et sa figure aux grands traits austères et profondément découpés par le reflet de la lanterne n'avait rien de très rassurant. Je me sentais perler sur les membres une sueur glaciale, et mes cheveux se redressaient douloureusement sur ma tête ; je regardais au fond de moi-même l'action du sévère Sérapion comme un abominable sacrilège, et j'aurais voulu que du flanc des sombres nuages qui roulaient pesamment au-dessus de nous sortît un triangle de feu qui le réduisît en poudre. Les hiboux perchés sur les cyprès, inquiétés par l'éclat de la lanterne, en venaient fouetter lourdement la vitre avec leurs ailes poussiéreuses, en jetant des gémissements plaintifs ; les renards glapissaient dans le lointain, et mille bruits sinistres se dégageaient du silence. Enfin la pioche de Sérapion heurta le cercueil dont les planches retentirent avec un bruit sourd et sonore, avec ce terrible bruit que rend le néant quand on y touche ; il en renversa le couvercle, et j'aperçus Clarimonde pâle comme un marbre, les mains jointes ; son blanc suaire ne faisait qu'un seul pli de sa tête à ses pieds. Une petite goutte rouge brillait comme une rose au coin de sa bouche décolorée. Sérapion, à cette vue, entra en fureur : « Ah ! te voilà, démon, courtisane impudique, buveuse de sang et d'or ! » et il aspergea d'eau bénite le corps et le cercueil sur lequel il traça la forme d'une croix avec son goupillon. La pauvre Clarimonde n'eut pas été plus tôt touchée par la sainte rosée que son beau corps tomba en poussière ; ce ne fut plus qu'un mélange affreusement informe de cendres et d'os à demi calcinés. « Voilà votre maîtresse, seigneur Romuald, dit l'inexorable prêtre en me montrant ces tristes dépouilles, serez-vous encore tenté d'aller vous promener au Lido et à Fusine avec votre beauté ? » Je baissai la tête ; une grande ruine venait de se faire au-dedans de moi. Je retournai à mon presbytère, et le seigneur Romuald, amant de Clarimonde, se sépara du pauvre prêtre, à qui il avait tenu pendant si longtemps une si étrange compagnie. Seulement, la nuit suivante, je vis Clarimonde ; elle me dit comme la première fois sous le portail de l'église : « Malheureux ! malheureux ! qu'as-tu fait ? Pourquoi as-tu écouté ce prêtre imbécile ? n'étais-tu pas heureux ? et que t'avais-je fait, pour violer ma pauvre tombe et mettre à nu les misères de mon néant ? Toute communication entre nos âmes et nos corps est rompue désormais. Adieu, tu me regretteras. » Elle se dissipa dans l'air comme une fumée, et je ne la revis plus.

Hélas ! elle a dit vrai : je l'ai regrettée plus d'une fois et je la regrette encore. La paix de mon âme a été bien chèrement achetée ; l'amour de Dieu n'était pas de trop pour remplacer le sien. Voilà, frère, l'histoire de ma jeunesse. Ne regardez jamais une femme, et marchez toujours les yeux fixés en terre, car, si chaste et si calme que vous soyez, il suffit d'une minute pour vous faire perdre l'éternité.

# *Une nuit de Cléopâtre*

## 1

Il y a, au moment où nous écrivons cette ligne, dix-neuf cents ans environ qu'une cange magnifiquement dorée et peinte descendait le Nil avec toute la rapidité que pouvaient lui donner cinquante rames longues et plates rampant sur l'eau égratignée comme les pattes d'un scarabée gigantesque.

Cette cange était étroite, de forme allongée, relevée par les deux bouts en forme de corne de lune naissante, svelte de proportions et merveilleusement taillée pour la marche ; une tête de bélier surmontée d'une boule d'or armait la pointe de la proue, et montrait que l'embarcation appartenait à une personne de race royale.

Au milieu de la barque s'élevait une cabine à toit plat, une espèce de *naos* [1] ou tente d'honneur, coloriée et dorée avec une moulure à palmettes et quatre petites fenêtres carrées.

Deux chambres également couvertes d'hiéroglyphes occupaient les extrémités du croissant ; l'une d'elles, plus vaste que l'autre, avait un étage juxta-

1. Partie centrale d'un temple grec.

posé de moindre hauteur, comme les châteaux-gaillards de ces bizarres galères du XVI^e siècle dessinées par Della Bella, la plus petite, qui servait de logement au pilote, se terminait en fronton triangulaire.

Le gouvernail était fait de deux immenses avirons ajustés sur des pieux bariolés, et s'allongeant dans l'eau derrière la barque comme les pieds palmés d'un cygne ; des têtes coiffées du pschent[1], et portant au menton la corne allégorique, étaient sculptées à la poignée de ces grandes rames que faisait manœuvrer le pilote debout sur le toit de la cabine.

C'était un homme basané, fauve comme du bronze neuf, avec des luisants bleuâtres et miroitants, l'œil relevé par les coins, les cheveux très noirs et tressés en cordelettes, la bouche épanouie, les pommettes saillantes, l'oreille détachée du crâne, le type égyptien dans toute sa pureté. Un pagne étroit bridant sur les cuisses et cinq ou six tours de verroteries et d'amulettes composaient tout son costume.

Il paraissait le seul habitant de la cange, car les rameurs, penchés sur leurs avirons et cachés par le plat-bord, ne se faisaient deviner que par le mouvement symétrique des rames ouvertes en côtes d'éventail à chaque flanc de la barque, et retombant dans le fleuve après un léger temps d'arrêt.

Aucun souffle d'air ne faisait trembler l'atmosphère, et la grande voile triangulaire de la cange, assujettie et ficelée avec une corde de soie autour du mât abattu, montrait que l'on avait renoncé à tout espoir de voir le vent s'élever.

Le soleil du midi décochait ses flèches de plomb ; les vases cendrées des rives du fleuve lançaient de flamboyantes réverbérations ; une lumière crue, éclatante et poussiéreuse à force d'intensité, ruisse-

1. Coiffure des pharaons.

lait en torrents de flamme, l'azur du ciel blanchissait de chaleur comme un métal à la fournaise ; une brume ardente et rousse fumait à l'horizon incendié. Pas un nuage ne tranchait sur ce ciel invariable et morne comme l'éternité.

L'eau du Nil, terne et mate, semblait s'endormir dans son cours et s'étaler en nappes d'étain fondu. Nulle haleine ne ridait sa surface et n'inclinait sur leurs tiges les calices de lotus, aussi roides que s'ils eussent été sculptés ; à peine si de loin en loin le saut d'un bechir[1] ou d'un fahaka[2], gonflant son ventre, y faisait miroiter une écaille d'argent, et les avirons de la cange semblaient avoir peine à déchirer la pellicule fuligineuse de cette eau figée. Les rives étaient désertes ; une tristesse immense et solennelle pesait sur cette terre, qui ne fut jamais qu'un grand tombeau, et dont les vivants semblent ne pas avoir eu d'autre occupation que d'embaumer les morts. Tristesse aride, sèche comme la pierre ponce, sans mélancolie, sans rêverie, n'ayant point de nuage gris de perle à suivre à l'horizon, pas de source secrète où baigner ses pieds poudreux ; tristesse de sphinx ennuyé de regarder perpétuellement le désert, et qui ne peut se détacher du socle de granit où il aiguise ses griffes depuis vingt siècles.

Le silence était si profond, qu'on eût dit que le monde fût devenu muet, ou que l'air eût perdu la faculté de conduire le son. Le seul bruit qu'on entendît, c'était le chuchotement et les rires étouffés des crocodiles pâmés de chaleur qui se vautraient dans les joncs du fleuve, ou bien quelque ibis qui, fatigué de se tenir debout, une patte repliée sous le ventre et le cou entre les épaules, quittait sa pose

1. Animal des bords du Nil. Sorte de lézard allongé.
2. Nom d'un poisson du Nil.

immobile, et, fouettant brusquement l'air bleu de ses ailes blanches, allait se percher sur un obélisque ou sur un palmier.

La cange filait comme la flèche sur l'eau du fleuve, laissant derrière elle un sillage argenté qui se refermait bientôt ; et quelques globules écumeux, venant crever à la surface, témoignaient seuls du passage de la barque, déjà hors de vue.

Les berges du fleuve, couleur d'ocre et de saumon, se déroulaient rapidement comme des bandelettes de papyrus entre le double azur du ciel et de l'eau, si semblables de ton que la mince langue de terre qui les séparait semblait une chaussée jetée sur un immense lac, et qu'il eût été difficile de décider si le Nil réfléchissait le ciel, ou si le ciel réfléchissait le Nil.

Le spectacle changeait à chaque instant : tantôt c'étaient de gigantesques propylées qui venaient mirer au fleuve leurs murailles en talus, plaquées de larges panneaux de figures bizarres ; des pylônes aux chapiteaux évasés, des rampes côtoyées de grands sphinx accroupis, coiffés du bonnet à barbe cannelée, et croisant sous leurs mamelles aiguës leurs pattes de basalte noir ; des palais démesurés faisant saillir sur l'horizon les lignes horizontales et sévères de leur entablement, où le globe emblématique ouvrait ses ailes mystérieuses comme un aigle à l'envergure démesurée ; des temples aux colonnes énormes, grosses comme des tours, où se détachaient sur un fond d'éclatante blancheur des processions de figures hiéroglyphiques ; toutes les prodigiosités de cette architecture de Titans : tantôt des paysages d'une aridité désolante ; des collines formées par de petits éclats de pierre provenant des fouilles et des constructions, miettes de cette gigantesque débauche de granit qui dura plus de trente siècles ; des montagnes exfoliées de chaleur, déchiquetées et zébrées de rayures noires, semblables aux cautérisations d'un incendie ; des tertres bossus et difformes, accroupis comme le criocéphale[1] des tombeaux, et découpant au bord du ciel leur attitude contrefaite ; des marnes verdâtres, des ocres roux, des tufs d'un blanc farineux, et de temps à autre quelque escarpement de marbre couleur rose sèche, où bâillaient les bouches noires des carrières.

Cette aridité n'était tempérée par rien : aucune oasis de feuillage ne rafraîchissait le regard ; le vert semblait une couleur inconnue dans cette nature ; seulement de loin en loin un maigre palmier s'épanouissait à l'horizon, comme un crabe végétal ; un nopal[2] épineux brandissait ses feuilles acérées comme des glaives de bronze ; un carthame[3], trouvant un peu d'humidité à l'ombre d'un tronçon de colonne, piquait d'un point rouge l'uniformité générale.

Après ce coup d'œil rapide sur l'aspect du paysage, revenons à la cange aux cinquante rameurs, et, sans nous faire annoncer, entrons de plain-pied dans la naos d'honneur.

L'intérieur était peint en blanc, avec des arabesques vertes, des filets de vermillon et des fleurs d'or de forme fantastique ; une natte de joncs d'une finesse extrême recouvrait le plancher ; au fond s'élevait un petit lit à pieds de griffon, avec un dossier garni comme un canapé ou une causeuse moderne, un escabeau à quatre marches pour y monter, et, recherche assez singulière dans nos idées confortables, une espèce d'hémicycle en bois

1. Statue à tête de bélier.
2. Sorte de cactus.
3. Plante tropicale utilisée comme colorant.

de cèdre, monté sur un pied, destiné à embrasser le contour de la nuque et à soutenir la tête de la personne couchée.

Sur cet étrange oreiller reposait une tête bien charmante, dont un regard fit perdre la moitié du monde, une tête adorée et divine, la femme la plus complète qui ait jamais existé, la plus femme et la plus reine, un type admirable, auquel les poètes n'ont pu rien ajouter, et que les songeurs trouvent toujours au bout de leurs rêves : il n'est pas besoin de nommer Cléopâtre.

Auprès d'elle Charmion, son esclave favorite, balançait un large éventail de plumes d'ibis ; une jeune fille arrosait d'une pluie d'eau de senteur les petites jalousies de roseaux qui garnissaient les fenêtres de la naos, pour que l'air n'y arrivât qu'imprégné de fraîcheur et de parfums.

Près du lit de repos, dans un vase d'albâtre rubané, au goulot grêle, à la tournure effilée et svelte, rappelant vaguement un profil de héron, trempait un bouquet de fleurs de lotus, les unes d'un bleu céleste, les autres d'un rose tendre, comme le bout des doigts d'Isis, la grande déesse.

Cléopâtre, ce jour-là, par caprice ou par politique, n'était pas habillée à la grecque ; elle venait d'assister à une panégyrie, et elle retournait à son palais d'été dans la cange, avec le costume égyptien qu'elle portait à la fête.

Nos lectrices seront peut-être curieuses de savoir comment la reine Cléopâtre était habillée en revenant de la Mammisi[1] d'Hermonthis[2] où l'on adore la triade du dieu Mandou[3], de la déesse Ritho et de

1. Dépendance d'un temple égyptien.
2. Ville de Haute-Égypte.
3. Dieu guerrier.

leur fils Harphré ; c'est une satisfaction que nous pouvons leur donner.

La reine Cléopâtre avait pour coiffure une espèce de casque d'or très léger formé par le corps et les ailes de l'épervier sacré ; les ailes, rabattues en éventail de chaque côté de la tête, couvraient les tempes, s'allongeaient presque sur le cou, et dégageaient par une petite échancrure une oreille plus rose et plus délicatement enroulée que la coquille d'où sortit Vénus que les Égyptiens nomment Hâthor ; la queue de l'oiseau occupait la place où sont posés les chignons de nos femmes ; son corps, couvert de plumes imbriquées et peintes de différents émaux, enveloppait le sommet du crâne, et son cou, gracieusement replié vers le front, composait avec la tête une manière de corne étincelante de pierreries ; un cimier symbolique en forme de tour complétait cette coiffure élégante, quoique bizarre. Des cheveux noirs comme ceux d'une nuit sans étoiles s'échappaient de ce casque et filaient en longues tresses sur de blondes épaules, dont une collerette ou hausse-col, orné de plusieurs rangs de serpentine, d'azerodrach et de chrysobéril[1], ne laissait, hélas ! apercevoir que le commencement ; une robe de lin à côtes diagonales, — un brouillard d'étoffe, de l'air tramé, *ventus textilis*, comme dit Pétrone —, ondulait en blanche vapeur autour d'un beau corps dont elle estompait mollement les contours. Cette robe avait des demi-manches justes sur l'épaule, mais évasées vers le coude comme nos manches à sabot, et permettait de voir un bras admirable et une main parfaite, le bras serré par six cercles d'or et la main ornée d'une bague représentant un scarabée. Une ceinture, dont les bouts noués retombaient

1. Noms de trois pierres précieuses.

par-devant, marquait la taille de cette tunique flottante et libre ; un mantelet garni de franges achevait la parure, et, si quelques mots barbares n'effarouchent point des oreilles parisiennes, nous ajouterons que cette robe se nommait *schenti* et le mantelet *calasiris*.

Pour dernier détail, disons que la reine Cléopâtre portait de légères sandales fort minces, recourbées en pointe et rattachées sur le cou-de-pied comme les souliers à la poulaine des châtelaines du Moyen Âge.

La reine Cléopâtre n'avait cependant pas l'air de satisfaction d'une femme sûre d'être parfaitement belle et parfaitement parée ; elle se retournait et s'agitait sur son petit lit, et ses mouvements assez brusques dérangeaient à chaque instant les plis de son *conopeum* [1] de gaze que Charmion rajustait avec une patience inépuisable, sans cesser de balancer son éventail.

« L'on étouffe dans cette chambre, dit Cléopâtre ; quand même Phtha, dieu du feu, aurait établi ses forges ici, il ne ferait pas plus chaud ; l'air est comme une fournaise. » Et elle passa sur ses lèvres le bout de sa petite langue, puis étendit la main comme un malade qui cherche une coupe absente.

Charmion, toujours attentive, frappa des mains ; un esclave noir, vêtu d'un tonnelet plissé comme la jupe des Albanais et d'une peau de panthère jetée sur l'épaule, entra avec la rapidité d'une apparition, tenant en équilibre sur la main gauche un plateau chargé de tasses et de tranches de pastèques, et dans la droite un vase long muni d'un goulot comme une théière.

L'esclave remplit une des coupes en versant de

1. Sorte de moustiquaire.

haut avec une dextérité merveilleuse, et la plaça devant la reine. Cléopâtre toucha le breuvage du bout des lèvres, le reposa à côté d'elle, et, tournant vers Charmion ses beaux yeux noirs, onctueux et lustrés par une vive étincelle de lumière :

« Ô Charmion ! dit-elle, je m'ennuie. »

## 2

Charmion, pressentant une confidence, fit une mine d'assentiment douloureux et se rapprocha de sa maîtresse.

« Je m'ennuie horriblement, reprit Cléopâtre en laissant pendre ses bras comme découragée et vaincue ; cette Égypte m'anéantit et m'écrase ; ce ciel, avec son azur implacable, est plus triste que la nuit profonde de l'Érèbe[1] : jamais un nuage ! jamais une ombre, et toujours ce soleil rouge, sanglant, qui vous regarde comme l'œil du cyclope ! Tiens, Charmion, je donnerais une perle pour une goutte de pluie ! De la prunelle enflammée de ce ciel de bronze il n'est pas encore tombé une seule larme sur la désolation de cette terre ; c'est un grand couvercle de tombeau, un dôme de nécropole, un ciel mort et desséché comme les momies qu'il recouvre ; il pèse sur mes épaules comme un manteau trop lourd ; il me gêne et m'inquiète ; il me semble que je ne pourrais me lever toute droite sans m'y heurter le front ; et puis, ce pays est vraiment un pays effrayant ; tout y est sombre, énigmatique, incompréhensible ! L'imagination n'y produit que des chimères monstrueuses et des monuments démesurés ;

1. Région des Enfers.

cette architecture et cet art me font peur ; ces colosses, que leurs jambes engagées dans la pierre condamnent à rester éternellement assis les mains sur les genoux, me fatiguent de leur immobilité stupide ; ils obsèdent mes yeux et mon horizon. Quand viendra donc le géant qui doit les prendre par la main et les relever de leur faction de vingt siècles ? Le granit lui-même se lasse à la fin ! Quel maître attendent-ils donc pour quitter la montagne qui leur sert de siège et se lever en signe de respect ? de quel troupeau invisible ces grands sphinx accroupis comme des chiens qui guettent sont-ils les gardiens, pour ne fermer jamais la paupière et tenir toujours la griffe en arrêt ? qu'ont-ils donc à fixer si opiniâtrement leurs yeux de pierre sur l'éternité et l'infini ? quel secret étrange leurs lèvres serrées retiennent-elles dans leur poitrine ? À droite, à gauche, de quelque côté que l'on se tourne, ce ne sont que des monstres affreux à voir, des chiens à tête d'homme, des hommes à tête de chien, des chimères nées d'accouplements hideux dans la profondeur ténébreuse des syringes [1], des Anubis, des Typhons, des Osiris, des éperviers aux yeux jaunes qui semblent vous traverser de leurs regards inquisiteurs et voir au-delà de vous des choses que l'on ne peut redire ; — une famille d'animaux et de dieux horribles aux ailes écaillées, au bec crochu, aux griffes tranchantes, toujours prêts à vous dévorer et à vous saisir, si vous franchissez le seuil du temple et si vous levez le coin du voile !

« Sur les murs, sur les colonnes, sur les plafonds, sur les planchers, sur les palais et sur les temples, dans les couloirs et les puits les plus profonds des nécropoles, jusqu'aux entrailles de la terre, où la

1. Sépultures souterraines.

lumière n'arrive pas, où les flambeaux s'éteignent faute d'air, et partout, et toujours, d'interminables hiéroglyphes sculptés et peints racontant en langage inintelligible des choses que l'on ne sait plus et qui appartiennent sans doute à des créations disparues ; prodigieux travaux enfouis, où tout un peuple s'est usé à écrire l'épitaphe d'un roi ! Du mystère et du granit, voilà l'Égypte ; beau pays pour une jeune femme et une jeune reine.

« L'on ne voit que symboles menaçants et funèbres, des *pedum* [1], des tau [2], des globes allégoriques, des serpents enroulés, des balances où l'on pèse les âmes, — l'inconnu, la mort, le néant ! Pour toute végétation des stèles bariolées de caractères bizarres ; pour allées d'arbres, des avenues d'obélisques de granit ; pour sol, d'immenses pavés de granit dont chaque montagne ne peut fournir qu'une seule dalle ; pour ciel, des plafonds de granit : — l'éternité palpable, un amer et perpétuel sarcasme contre la fragilité et la brièveté de la vie ! — des escaliers faits pour des enjambées de Titan, que le pied humain ne saurait franchir et qu'il faut monter avec des échelles ; des colonnes que cent bras ne pourraient entourer, des labyrinthes où l'on marcherait un an sans en trouver l'issue ! — le vertige de l'énormité, l'ivresse du gigantesque, l'effort désordonné de l'orgueil qui veut graver à tout prix son nom sur la surface du monde !

« Et puis, Charmion, je te le dis, j'ai une pensée qui me fait peur ; dans les autres contrées de la terre on brûle les cadavres, et leur cendre bientôt se confond avec le sol. Ici l'on dirait que les vivants n'ont d'autre occupation que de conserver les morts ; des

1. Bâton en forme de crosse.
2. Bâton en forme de potence.

baumes puissants les arrachent à la destruction ; ils gardent tous leur forme et leur aspect ; l'âme évaporée, la dépouille reste, sous ce peuple il y a vingt peuples ; chaque ville a les pieds sur vingt étages de nécropoles ; chaque génération qui s'en va fait une population de momies à une cité ténébreuse : sous le père vous trouvez le grand-père et l'aïeul dans leur boîte peinte et dorée, tels qu'ils étaient pendant leur vie, et vous fouilleriez toujours que vous en trouveriez toujours !

« Quand je songe à ces multitudes emmaillotées de bandelettes, à ces myriades de spectres desséchés qui remplissent les puits funèbres et qui sont là depuis deux mille ans, face à face, dans leur silence que rien ne vient troubler, pas même le bruit que fait en rampant le ver du sépulcre, et qu'on trouvera intacts après deux autres mille ans, avec leurs chats, leurs crocodiles, leurs ibis, tout ce qui a vécu en même temps qu'eux, il me prend des terreurs, et je me sens courir des frissons sur la peau. Que se disent-ils, puisqu'ils ont encore des lèvres, et que leur âme, si la fantaisie lui prenait de revenir, trouverait leur corps dans l'état où elle l'a quitté ?

« L'Égypte est vraiment un royaume sinistre, et bien peu fait pour moi, la rieuse et la folle ; tout y renferme une momie ; c'est le cœur et le noyau de toute chose. Après mille détours, c'est là que vous aboutissez ; les pyramides cachent un sarcophage. Néant et folie que tout cela. Éventrez le ciel avec de gigantesques triangles de pierre, vous n'allongerez pas votre cadavre d'un pouce. Comment se réjouir et vivre sur une terre pareille, où l'on ne respire pour parfum que l'odeur âcre du naphte et du bitume qui bout dans les chaudières des embaumeurs, où le plancher de votre chambre sonne creux parce que les corridors des hypogées[1] et des puits mortuaires s'étendent jusque sous votre alcôve ? Être la reine des momies, avoir pour causer ces statues à poses roides et contraintes, c'est gai ! Encore, si, pour tempérer cette tristesse, j'avais quelque passion au cœur, un intérêt à la vie, si j'aimais quelqu'un ou quelque chose, si j'étais aimée ! mais je ne le suis point.

« Voilà pourquoi je m'ennuie, Charmion ; avec l'amour, cette Égypte aride et renfrognée me paraîtrait plus charmante que la Grèce avec ses dieux d'ivoire, ses temples de marbre blanc, ses bois de lauriers-roses et ses fontaines d'eau vive. Je ne songerais pas à la physionomie baroque d'Anubis et aux épouvantements des villes souterraines. »

Charmion sourit d'un air incrédule. « Ce ne doit pas être là un grand sujet de chagrin pour vous ; car chacun de vos regards perce le cœur comme les flèches d'or d'Éros lui-même.

— Une reine, reprit Cléopâtre, peut-elle savoir si c'est le diadème ou le front que l'on aime en elle ? Les rayons de sa couronne sidérale éblouissent les yeux et le cœur, descendue des hauteurs du trône, aurais-je la célébrité et la vogue de Bacchide ou d'Archenassa, de la première courtisane venue d'Athènes ou de Milet ? Une reine, c'est quelque chose de si loin des hommes, de si élevé, de si séparé, de si impossible ! Quelle présomption peut se flatter de réussir dans une pareille entreprise ? Ce n'est plus une femme, c'est une figure auguste et sacrée qui n'a point de sexe, et que l'on adore à genoux sans l'aimer, comme la statue d'une déesse. Qui a jamais été sérieusement épris d'Hêré[2] aux

1. Sépultures souterraines.
2. Junon.

bras de neige, de Pallas[1] aux yeux vert de mer ? Qui a jamais essayé de baiser les pieds d'argent de Thétis[2] et les doigts de rose de l'Aurore[3] ? Quel amant des beautés divines a pris des ailes pour voler vers les palais d'or du ciel ? Le respect et la terreur glacent les âmes en notre présence, et pour être aimée de nos pareils il faudrait descendre dans les nécropoles dont je parlais tout à l'heure. »

Quoiqu'elle n'élevât aucune objection contre les raisonnements de sa maîtresse, un vague sourire errant sur les lèvres de l'esclave grecque faisait voir qu'elle ne croyait pas beaucoup à cette inviolabilité de la personne royale.

« Ah ! continua Cléopâtre, je voudrais qu'il m'arrivât quelque chose, une aventure étrange, inattendue ! Le chant des poètes, la danse des esclaves syriennes, les festins couronnés de roses et prolongés jusqu'au jour, les courses nocturnes, les chiens de Laconie[4], les lions privés, les nains bossus, les membres de la confrérie des inimitables, les combats du cirque, les parures nouvelles, les robes de byssus[5], les unions de perles, les parfums d'Asie, les recherches les plus exquises, les somptuosités les plus folles, rien ne m'amuse plus ; tout m'est indifférent, tout m'est insupportable !

— On voit bien, dit tout bas Charmion, que la reine n'a pas eu d'amant et n'a fait tuer personne depuis un mois. »

Fatiguée d'une aussi longue tirade, Cléopâtre prit encore une fois la coupe posée à côté d'elle, y

1. Athéna.
2. Mère d'Achille.
3. Déesse du matin.
4. Région du Péloponnèse.
5. Étoffe très fine.

trempa ses lèvres, et, mettant sa tête sous son bras avec un mouvement de colombe, s'arrangea de son mieux pour dormir. Charmion lui défit ses sandales et se mit à lui chatouiller doucement la plante des pieds avec la barbe d'une plume de paon ; le sommeil ne tarda pas à jeter sa poudre d'or sur les beaux yeux de la sœur de Ptolémée.

Maintenant que Cléopâtre dort, remontons sur le pont de la cange et jouissons de l'admirable spectacle du soleil couchant. Une large bande violette, fortement chauffée de tons roux vers l'occident, occupe toute la partie inférieure du ciel ; en rencontrant les zones d'azur, la teinte violette se fond en lilas clair et se noie dans le bleu par une demi-teinte rose ; du côté où le soleil, rouge comme un bouclier tombé des fournaises de Vulcain, jette ses ardents reflets, la nuance tourne au citron pâle, et produit des teintes pareilles à celles des turquoises. L'eau frisée par un rayon oblique a l'éclat mat d'une glace vue du côté du tain, ou d'une lame damasquinée ; les sinuosités de la rive, les joncs, et tous les accidents du bord s'y découpent en traits fermes et noirs qui en font vivement ressortir la réverbération blanchâtre. À la faveur de cette clarté crépusculaire vous apercevrez là-bas, comme un grain de poussière tombé sur du vif-argent, un petit point brun qui tremble dans un réseau de filets lumineux. Est-ce une sarcelle qui plonge, une tortue qui se laisse aller à la dérive, un crocodile levant, pour respirer l'air moins brûlant du soir, le bout de son rostre squameux, le ventre d'un hippopotame qui s'épanouit à fleur d'eau ? ou bien encore quelque rocher laissé à découvert par la décroissance du fleuve ? car le vieil Hopi-Mou, père des eaux, a bien besoin de remplir son urne tarie aux pluies du solstice dans les montagnes de la Lune.

Ce n'est rien de tout cela. Par les morceaux d'Osiris si heureusement recousus ! c'est l'homme qui paraît marcher et patiner sur l'eau... l'on peut voir maintenant la nacelle qui le soutient, une vraie coquille de noix, un poisson creusé, trois bandes d'écorce ajustées, une pour le fond et deux pour les plats-bords, le tout solidement relié aux deux pointes avec une corde engluée de bitume. Un homme se tient debout, un pied sur chaque bord de cette frêle machine, qu'il dirige avec un seul aviron qui sert en même temps de gouvernail, et, quoique la cange royale file rapidement sous l'effort de cinquante rameurs, la petite barque noire gagne visiblement sur elle.

Cléopâtre désirait un incident étrange, quelque chose d'inattendu ; cette petite nacelle effilée, aux allures mystérieuses, nous a tout l'air de porter sinon une aventure, du moins un aventurier. Peut-être contient-elle le héros de notre histoire : la chose n'est pas impossible.

C'était, en tout cas, un beau jeune homme de vingt ans, avec des cheveux si noirs qu'ils paraissaient bleus, une peau blonde comme de l'or, et de proportions si parfaites, qu'on eût dit un bronze de Lysippe[1] ; bien qu'il ramât depuis longtemps, il ne trahissait aucune fatigue, et il n'avait pas sur le front une seule perle de sueur.

Le soleil plongeait sous l'horizon, et sur son disque échancré se dessinait la silhouette brune d'une ville lointaine que l'œil n'aurait pu discerner sans cet accident de lumière ; il s'éteignit bientôt tout à fait, et les étoiles, belles de nuit du ciel, ouvrirent leur calice d'or dans l'azur du firmament. La cange royale, suivie de près par la petite nacelle, s'arrêta

1. Célèbre sculpteur grec (IVe siècle av. J.-C.).

près d'un escalier de marbre noir, dont chaque marche supportait un de ces sphinx haïs de Cléopâtre. C'était le débarcadère du palais d'été.

Cléopâtre, appuyée sur Charmion, passa rapidement comme une vision étincelante entre une double haie d'esclaves portant des fanaux.

Le jeune homme prit au fond de la barque une grande peau de lion, la jeta sur ses épaules, sauta légèrement à terre, tira la nacelle sur la berge et se dirigea vers le palais.

## 3

Qu'est-ce que ce jeune homme qui, debout sur un morceau d'écorce, se permet de suivre la cange royale, et qui peut lutter de vitesse contre cinquante rameurs du pays de Kousch[1], nus jusqu'à la ceinture et frottés d'huile de palmier ? Quel intérêt le pousse et le fait agir ? Voilà ce que nous sommes obligé de savoir en notre qualité de poète doué du don d'intuition, et pour qui tous les hommes et même toutes les femmes, ce qui est plus difficile, doivent avoir au côté la fenêtre que réclamait Momus[2].

Il n'est peut-être pas très aisé de retrouver ce que pensait, il y a tantôt deux mille ans, un jeune homme de la terre de Kémé qui suivait la barque de Cléopâtre, reine et déesse Évergète[3], revenant de la Mammisi d'Hermonthis. Nous essaierons cependant.

1. Région du sud de l'Égypte.
2. Dieu de la raillerie. Il réclamait pour les hommes une fenêtre ouverte sur le cœur afin de lire les pensées secrètes.
3. Titre honorifique, synonyme de bienfaisant.

Meïamoun, fils de Mandouschopsch, était un jeune homme d'un caractère étrange ; rien de ce qui touche le commun des mortels ne faisait impression sur lui ; il semblait d'une race plus haute, et l'on eût dit le produit de quelque adultère divin. Son regard avait l'éclat et la fixité d'un regard d'épervier, et la majesté sereine siégeait sur son front comme sur un piédestal de marbre ; un noble dédain arquait sa lèvre supérieure et gonflait ses narines comme celles d'un cheval fougueux ; quoiqu'il eût presque la grâce délicate d'une jeune fille, et que Dionysius, le dieu efféminé, n'eût pas une poitrine plus ronde et plus polie, il cachait sous cette molle apparence des nerfs d'acier et une force herculéenne ; singulier privilège de certaines natures antiques de réunir la beauté de la femme à la force de l'homme.

Quant à son teint, nous sommes obligé d'avouer qu'il était fauve comme une orange, couleur contraire à l'idée blanche et rose que nous avons de la beauté ; ce qui ne l'empêchait pas d'être un fort charmant jeune homme, très recherché par toute sorte de femmes jaunes, rouges, cuivrées, bistrées, dorées, et même par plus d'une blanche Grecque.

D'après ceci, n'allez pas croire que Meïamoun fût un homme à bonnes fortunes : les cendres du vieux Priam, les neiges d'Hippolyte lui-même n'étaient pas plus insensibles et plus froides ; le jeune néophyte en tunique blanche, qui se prépare à l'initiation des mystères d'Isis, ne mène pas une vie plus chaste ; la jeune fille qui transit à l'ombre glaciale de sa mère n'a pas cette pureté craintive.

Les plaisirs de Meïamoun, pour un jeune homme de si farouche approche, étaient cependant d'une singulière nature : il partait tranquillement le matin avec son petit bouclier de cuir d'hippopotame, son *harpé* ou sabre à lame courbe, son arc triangulaire et son carquois de peau de serpent, rempli de flèches barbelées ; puis il s'enfonçait dans le désert, et faisait galoper sa cavale aux jambes sèches, à la tête étroite, à la crinière échevelée, jusqu'à ce qu'il trouvât une trace de lionne : cela le divertissait beaucoup d'aller prendre les petits lionceaux sous le ventre de leur mère. En toutes choses il n'aimait que le périlleux ou l'impossible ; il se plaisait fort à marcher dans des sentiers impraticables, à nager dans une eau furieuse, et il eût choisi pour se baigner dans le Nil précisément l'endroit des cataractes : l'abîme l'appelait.

Tel était Meïamoun, fils de Mandouschopsch.

Depuis quelque temps son humeur était devenue encore plus sauvage ; il s'enfonçait des mois entiers dans l'océan de sables et ne reparaissait qu'à de rares intervalles. Sa mère inquiète se penchait vainement du haut de sa terrasse et interrogeait le chemin d'un œil infatigable. Après une longue attente, un petit nuage de poussière tourbillonnait à l'horizon ; bientôt le nuage crevait et laissait voir Meïamoun couvert de poussière sur sa cavale maigre comme une louve, l'œil rouge et sanglant, la narine frémissante, avec des cicatrices au flanc, cicatrices qui n'étaient pas des marques d'éperon.

Après avoir pendu dans sa chambre quelque peau d'hyène ou de lion, il repartait.

Et cependant personne n'eût pu être plus heureux que Meïamoun ; il était aimé de Nephté, la fille du prêtre Afomouthis, la plus belle personne du nome d'Arsinoïte. Il fallait être Meïamoun pour ne pas voir que Nephté avait des yeux charmants relevés par les coins avec une indéfinissable expression de volupté, une bouche où scintillait un rouge sourire, des dents blanches et limpides, des bras d'une rondeur exquise et des pieds plus parfaits que les pieds de jaspe de la statue d'Isis : assurément il n'y avait pas dans toute l'Égypte une main plus petite et des cheveux plus longs. Les charmes de Nephté n'eussent été effacés que par ceux de Cléopâtre. Mais qui pourrait songer à aimer Cléopâtre ? Ixion, qui fut amoureux de Junon, ne serra dans ses bras qu'une nuée, et il tourne éternellement sa roue aux enfers.

C'était Cléopâtre qu'aimait Meïamoun !

Il avait d'abord essayé de dompter cette passion folle, il avait lutté corps à corps avec elle ; mais on n'étouffe pas l'amour comme on étouffe un lion, et les plus vigoureux athlètes ne sauraient rien y faire. La flèche était restée dans la plaie et il la traînait partout avec lui ; l'image de Cléopâtre radieuse et splendide sous son diadème à pointe d'or, seule debout dans sa pourpre impériale au milieu d'un peuple agenouillé, rayonnait dans sa veille et dans son rêve ; comme l'imprudent qui a regardé le soleil et qui voit toujours une tache insaisissable voltiger devant lui, Meïamoun voyait toujours Cléopâtre. Les aigles peuvent contempler le soleil sans être éblouis, mais quelle prunelle de diamant pourrait se fixer impunément sur une belle femme, sur une belle reine ?

Sa vie était d'errer autour des demeures royales pour respirer le même air que Cléopâtre, pour baiser sur le sable, bonheur, hélas ! bien rare, l'empreinte à demi effacée de son pied ; il suivait les fêtes sacrées et les panégyries, tâchant de saisir un rayon de ses yeux, de dérober au passage un des mille aspects de sa beauté. Quelquefois la honte le prenait de cette existence insensée ; il se livrait à la chasse avec un redoublement de furie, et tâchait de mater par la fatigue l'ardeur de son sang et la fougue de ses désirs.

Il était allé à la panégyrie d'Hermonthis, et, dans

le vague espoir de revoir la reine un instant lorsqu'elle débarquerait au palais d'été, il avait suivi la cange dans sa nacelle, sans s'inquiéter des âcres morsures du soleil par une chaleur à faire fondre en sueur de lave les sphinx haletants sur leurs piédestaux rougis.

Et puis, il comprenait qu'il touchait à un moment suprême, que sa vie allait se décider, et qu'il ne pouvait mourir avec son secret dans sa poitrine.

C'est une étrange situation que d'aimer une reine ; c'est comme si l'on aimait une étoile, encore l'étoile vient-elle chaque nuit briller à sa place dans le ciel ; c'est une espèce de rendez-vous mystérieux : vous la retrouvez, vous la voyez, elle ne s'offense pas de vos regards ! Ô misère ! être pauvre, inconnu, obscur, assis tout au bas de l'échelle, et se sentir le cœur plein d'amour pour quelque chose de solennel, d'étincelant et de splendide, pour une femme dont la dernière servante ne voudrait pas de vous ! avoir l'œil fatalement fixé sur quelqu'un qui ne vous voit point, qui ne vous verra jamais, pour qui vous n'êtes qu'un flot de la foule pareil aux autres et qui vous rencontrerait cent fois sans vous reconnaître ! n'avoir, si l'occasion de parler se présente, aucune raison à donner d'une si folle audace, ni talent de poète, ni grand génie, ni qualité surhumaine, rien que de l'amour ; et en échange de la beauté, de la noblesse, de la puissance, de toutes les splendeurs qu'on rêve, n'apporter que de la passion ou sa jeunesse, choses rares !

Ces idées accablaient Meïamoun ; couché à plat ventre sur le sable, le menton dans ses mains, il se laissait emporter et soulever par le flot d'une intarissable rêverie ; il ébauchait mille projets plus insensés les uns que les autres. Il sentait bien qu'il tendait à un but impossible, mais il n'avait pas le courage d'y renoncer franchement, et la perfide espérance venait chuchoter à son oreille quelque menteuse promesse.

« Hâthor[1], puissante déesse, disait-il à voix basse, que t'ai-je fait pour me rendre si malheureux ? te venges-tu du dédain que j'ai eu pour Nephté, la fille du prêtre Afomouthis ? m'en veux-tu d'avoir repoussé Lamia, l'hétaïre d'Athènes, ou Flora, la courtisane romaine ? Est-ce ma faute, à moi, si mon cœur n'est sensible qu'à la seule beauté de Cléopâtre, ta rivale ? Pourquoi as-tu enfoncé dans mon âme la flèche empoisonnée de l'amour impossible ? Quel sacrifice et quelles offrandes demandes-tu ? Faut-il t'élever une chapelle de marbre rose de Syène avec des colonnes à chapiteaux dorés, un plafond d'une seule pièce et des hiéroglyphes sculptés en creux par les meilleurs ouvriers de Memphis ou de Thèbes ? Réponds-moi. »

Comme tous les dieux et les déesses que l'on invoque, Hâthor ne répondit rien. Meïamoun prit un parti désespéré.

Cléopâtre, de son côté, invoquait aussi la déesse Hâthor ; elle lui demandait un plaisir nouveau, une sensation inconnue ; languissamment couchée sur son lit, elle songeait que le nombre des sens est bien borné, que les plus exquis raffinements laissent bien vite venir le dégoût, et qu'une reine a réellement bien de la peine à occuper sa journée. Essayer des poisons sur des esclaves, faire battre des hommes avec des tigres ou des gladiateurs entre eux, boire des perles fondues, manger une province, tout cela est fade et commun !

Charmion était aux expédients et ne savait plus que faire de sa maîtresse.

1. Déesse égyptienne du ciel.

Tout à coup un sifflement se fit entendre, une flèche vint se planter en tremblant dans le revêtement de cèdre de la muraille.

Cléopâtre faillit s'évanouir de frayeur. Charmion se pencha à la fenêtre et n'aperçut qu'un flocon d'écume sur le fleuve. Un rouleau de papyrus entourait le bois de la flèche ; il contenait ces mots écrits en caractères phonétiques : « Je vous aime ! »

## 4

« Je vous aime, répéta Cléopâtre en faisant tourner entre ses doigts frêles et blancs le morceau de papyrus roulé à la façon des scytales, voilà le mot que je demandais : quelle âme intelligente, quel génie caché a donc si bien compris mon désir ? »

Et, tout à fait réveillée de sa langoureuse torpeur, elle sauta à bas de son lit avec l'agilité d'une chatte qui flaire une souris, mit ses petits pieds d'ivoire dans ses *tatbebs* [1] brodés, jeta une tunique de byssus sur ses épaules, et courut à la fenêtre par laquelle Charmion regardait toujours.

La nuit était claire et sereine ; la lune déjà levée dessinait avec de grands angles d'ombre et de lumière les masses architecturales du palais, détachées en vigueur sur un fond de bleuâtre transparence, et glaçait de moires d'argent l'eau du fleuve où son reflet s'allongeait en colonne étincelante ; un léger souffle de brise, qu'on eût pris pour la respiration des Sphinx endormis, faisait palpiter les roseaux et frissonner les clochettes d'azur des lotus ; les câbles des embarcations amarrées au bord du

1. Sandales.

Nil gémissaient faiblement, et le flot se plaignait sur son rivage comme une colombe sans ramier. Un vague parfum de végétation, plus doux que celui des aromates qui brûlent dans l'*anschirt*[1] des prêtres d'Anubis, arrivait jusque dans la chambre. C'était une de ces nuits enchantées de l'Orient, plus splendides que nos plus beaux jours, car notre soleil ne vaut pas cette lune.

« Ne vois-tu pas là-bas, vers le milieu du fleuve, une tête d'homme qui nage ? Tiens, il traverse maintenant la traînée de lumière et va se perdre dans l'ombre ; on ne peut plus le distinguer. » Et, s'appuyant sur l'épaule de Charmion, elle sortait à demi son beau corps de la fenêtre pour tâcher de retrouver la trace du mystérieux nageur. Mais un bois d'acacias du Nil, de doums[2] et de sayals[3], jetait à cet endroit son ombre sur la rivière et protégeait la fuite de l'audacieux. Si Meïamoun eût eu le bon esprit de se retourner, il aurait aperçu Cléopâtre, la reine sidérale, le cherchant avidement des yeux à travers la nuit, lui pauvre Égyptien obscur, misérable chasseur de lions.

« Charmion, Charmion, fais venir Phrehipephbour, le chef des rameurs, et qu'on lance sans retard deux barques à la poursuite de cet homme », dit Cléopâtre, dont la curiosité était excitée au plus haut degré.

Phrehipephbour parut : c'était un homme de la race Nahasi[4], aux mains larges, aux bras musculeux, coiffé d'un bonnet de couleur rouge, assez semblable au casque phrygien, et vêtu d'un caleçon

1. Encensoir.
2. Sorte de palmiers.
3. Sorte d'acacias.
4. Originaire d'Afrique noire.

étroit, rayé diagonalement de blanc et de bleu. Son buste, entièrement nu, reluisait à la clarté de la lampe, noir et poli comme un globe de jais. Il prit les ordres de la reine et se retira sur-le-champ pour les exécuter.

Deux barques longues, étroites, si légères que le moindre oubli d'équilibre les eût fait chavirer, fendirent bientôt l'eau du Nil en sifflant sous l'effort de vingt rameurs vigoureux ; mais la recherche fut inutile. Après avoir battu la rivière en tous sens, après avoir fouillé la moindre touffe de roseaux, Phrehipephbour revint au palais sans autre résultat que d'avoir fait envoler quelque héron endormi debout sur une patte ou troublé quelque crocodile dans sa digestion.

Cléopâtre éprouva un dépit si vif de cette contrariété, qu'elle eut une forte envie de condamner Phrehipephbour à la meule ou aux bêtes. Heureusement Charmion intercéda pour le malheureux tout tremblant, qui pâlissait de frayeur sous sa peau noire. C'était la seule fois de sa vie qu'un de ses désirs n'avait pas été aussitôt accompli que formé ; aussi éprouvait-elle une surprise inquiète, comme un premier doute sur sa toute-puissance.

Elle, Cléopâtre, femme et sœur de Ptolémée, proclamée déesse Évergète, reine vivante des régions d'en bas et d'en haut, œil de lumière, préférée du soleil, comme on peut le voir dans les cartouches sculptés sur les murailles des temples, rencontrer un obstacle, vouloir une chose qui ne s'est pas faite, avoir parlé et n'avoir pas été obéie ! Autant vaudrait être la femme de quelque pauvre paraschiste [1] inciseur de cadavres et faire fondre du natron [2] dans une

1. Embaumeur de cadavres.
2. Produit utilisé pour embaumer les morts.

chaudière ! C'est monstrueux, c'est exorbitant, et il faut être, en vérité, une reine très douce et très clémente pour ne pas faire mettre en croix ce misérable Phrehipephbour.

Vous vouliez une aventure, quelque chose d'étrange et d'inattendu ; vous êtes servie à souhait. Vous voyez que votre royaume n'est pas si mort que vous le prétendiez. Ce n'est pas le bras de pierre d'une statue qui a lancé cette flèche, ce n'est pas du cœur d'une momie que viennent ces trois mots qui vous ont émue, vous qui voyez avec un sourire sur les lèvres vos esclaves empoisonnés battre du talon et de la tête, dans les convulsions de l'agonie, vos beaux pavés de mosaïque et de porphyre, vous qui applaudissez le tigre lorsqu'il a bravement enfoncé son mufle dans le flanc du gladiateur vaincu !

Vous aurez tout ce que vous voudrez, des chars d'argent étoilés d'émeraudes, des quadriges de griffons, des tuniques de pourpre teintes trois fois, des miroirs d'acier fondu entourés de pierres précieuses, si clairs que vous vous y verrez aussi belle que vous l'êtes ; des robes venues du pays de Sérique[1], si fines, si déliées qu'elles passeraient par l'anneau de votre petit doigt ; des perles d'un orient parfait, des coupes de Lysippe ou de Myron[2], des perroquets de l'Inde qui parlent comme des poètes ; vous obtiendrez tout, quand même vous demanderiez le ceste[3] de Vénus ou le pschent d'Isis ; mais, en vérité, vous n'aurez pas ce soir l'homme qui a lancé cette flèche qui tremble encore dans le bois de cèdre de votre lit.

Les esclaves qui vous habilleront demain n'auront

1. Région d'Asie centrale.
2. Célèbres sculpteurs grecs.
3. Ceinture.

pas beau jeu ; elles ne risquent rien d'avoir la main légère ; les épingles d'or de la toilette pourraient bien avoir pour pelote la gorge de la friseuse maladroite, et l'épileuse risque fort de se faire pendre au plafond par les pieds.

« Qui peut avoir eu l'audace de lancer cette déclaration emmanchée dans une flèche ? Est-ce le nomarque[1] Amoun-Ra qui se croit plus beau que l'Apollon des Grecs ? qu'en penses-tu, Charmion ? ou bien Chéapsiro, le commandant de l'Hermothybie, si fier de ses combats au pays de Kousch ! Ne serait-ce pas plutôt le jeune Sextus, ce débauché romain, qui met du rouge, grasseye en parlant et porte des manches à la persique ?

— Reine, ce n'est aucun de ceux-là ; quoique vous soyez la plus belle du monde, ces gens-là vous flattent et ne vous aiment pas. Le nomarque Amoun-Ra s'est choisi une idole à qui il sera toujours fidèle, et c'est sa propre personne ; le guerrier Chéapsiro ne pense qu'à raconter ses batailles ; quant à Sextus, il est si sérieusement occupé de la composition d'un nouveau cosmétique, qu'il ne peut songer à rien autre chose. D'ailleurs, il a reçu des surtouts de Laconie, des tuniques jaunes brochées d'or et des enfants asiatiques qui l'absorbent tout entier. Aucun de ces beaux seigneurs ne risquerait son cou dans une entreprise si hardie et si périlleuse ; ils ne vous aiment pas assez pour cela.

« Vous disiez hier dans votre cange que les yeux éblouis n'osaient s'élever jusqu'à vous, que l'on ne savait que pâlir et tomber à vos pieds en demandant grâce, et qu'il ne vous restait d'autre ressource que d'aller réveiller dans son cercueil doré quelque vieux pharaon parfumé de bitume. Il y a maintenant un

1. Chef d'une région administrative.

cœur ardent et jeune qui vous aime : qu'en ferez-vous ? »

Cette nuit-là, Cléopâtre eut de la peine à s'endormir, elle se retourna dans son lit, elle appela longtemps en vain Morphée, frère de la Mort ; elle répéta plusieurs fois qu'elle était la plus malheureuse des reines, que l'on prenait à tâche de la contrarier, et que la vie lui était insupportable ; grandes doléances qui touchaient assez peu Charmion, quoiqu'elle fît mine d'y compatir.

Laissons un peu Cléopâtre chercher le sommeil qui la fuit et promener ses conjectures sur tous les grands de la cour ; revenons à Meïamoun : plus adroit que Phrehipephbour, le chef des rameurs, nous parviendrons bien à le trouver.

Effrayé de sa propre hardiesse, Meïamoun s'était jeté dans le Nil, et avait gagné à la nage le petit bois de palmiers-doums avant que Phrehipephbour eût lancé les deux barques à sa poursuite.

Lorsqu'il eut repris haleine et repoussé derrière ses oreilles ses longs cheveux noirs trempés de l'écume du fleuve, il se sentit plus à l'aise et plus calme. Cléopâtre avait quelque chose qui venait de lui. Un rapport existait entre eux maintenant ; Cléopâtre pensait à lui, Meïamoun. Peut-être était-ce une pensée de courroux, mais au moins il était parvenu à faire naître en elle un mouvement quelconque, frayeur, colère ou pitié ; il lui avait fait sentir son existence. Il est vrai qu'il avait oublié de mettre son nom sur la bande de papyrus ; mais qu'eût appris de plus la reine : MEÏAMOUN, FILS DE MANDOUSCHOPSCH ! Un monarque ou un esclave sont égaux devant elle. Une déesse ne s'abaisse pas plus en prenant pour amoureux un homme du peuple qu'un patricien ou un roi ; de si haut l'on ne voit dans un homme que l'amour.

Le mot qui lui pesait sur la poitrine comme le genou d'un colosse de bronze en était enfin sorti ; il avait traversé les airs, il était parvenu jusqu'à la reine, pointe du triangle, sommet inaccessible ! Dans ce cœur blasé il avait mis une curiosité, — un progrès immense !

Meïamoun ne se doutait pas d'avoir si bien réussi, mais il était plus tranquille, car il s'était juré à lui-même, par la Bari[1] mystique qui conduit les âmes dans l'Amenthi[2], par les oiseaux sacrés, Bennou et Gheughen ; par Typhon et par Osiris, par tout ce que la mythologie égyptienne peut offrir de formidable, qu'il serait l'amant de Cléopâtre, ne fût-ce qu'un jour, ne fût-ce qu'une nuit, ne fût-ce qu'une heure, dût-il lui en coûter son corps et son âme.

Expliquer comment lui était venu cet amour pour une femme qu'il n'avait vue que de loin et sur laquelle il osait à peine lever ses yeux, lui qui ne les baissait pas devant les jaunes prunelles des lions, et comment cette petite graine tombée par hasard dans son âme y avait poussé si vite et jeté de si profondes racines, c'est un mystère que nous n'expliquerons pas ; nous avons dit là-haut : l'abîme l'appelait.

Quand il fut bien sûr que Phrehipephbour était rentré avec les rameurs, il se jeta une seconde fois dans le Nil et se dirigea de nouveau vers le palais de Cléopâtre, dont la lampe brillait à travers un rideau de pourpre et semblait une étoile fardée. Léandre ne nageait pas vers la tour de Sestos avec plus de courage et de vigueur, et cependant Meïamoun n'était pas attendu par une Héro prête à lui verser sur la tête des fioles de parfums pour chasser l'odeur de la mer et des âcres baisers de la tempête.

1. Barque conduisant les âmes des morts.
2. Région cachée où séjournaient les âmes.

Quelque bon coup de lance ou de harpé était tout ce qui pouvait lui arriver de mieux, et, à vrai dire, ce n'était guère de cela qu'il avait peur.

Il longea quelque temps la muraille du palais dont les pieds de marbre baignaient dans le fleuve, et s'arrêta devant une ouverture submergée, par où l'eau s'engouffrait en tourbillonnant. Il plongea deux ou trois fois sans succès ; enfin il fut plus heureux, rencontra le passage et disparut.

Cette arcade était un canal voûté qui conduisait l'eau du Nil aux bains de Cléopâtre.

## 5

Cléopâtre ne s'endormit que le matin, à l'heure où rentrent les songes envolés par la porte d'ivoire. L'illusion du sommeil lui fit voir toute sorte d'amants se jetant à la nage, escaladant les murs pour arriver jusqu'à elle, et, souvenir de la veille, ses rêves étaient criblés de flèches chargées de déclarations amoureuses. Ses petits talons agités de tressaillements nerveux frappaient la poitrine de Charmion, couchée en travers du lit pour lui servir de coussin.

Lorsqu'elle s'éveilla, un gai rayon jouait dans le rideau de la fenêtre dont il trouait la trame de mille points lumineux, et venait familièrement jusque sur le lit voltiger comme un papillon d'or autour de ses belles épaules qu'il effleurait en passant d'un baiser lumineux. Heureux rayon que les dieux eussent envié !

Cléopâtre demanda à se lever d'une voix mourante comme un enfant malade ; deux de ses femmes l'enlevèrent dans leurs bras et la posèrent précieusement à terre, sur une grande peau de tigre dont les ongles étaient d'or et les yeux d'escarboucles. Charmion l'enveloppa d'une calasiris de lin plus blanche que le lait, lui entoura les cheveux d'une résille de fils d'argent, et lui plaça les pieds dans des tatbebs de liège sur la semelle desquels, en signe de mépris, l'on avait dessiné deux figures grotesques représentant deux hommes des races Nahasi et Nahmou, les mains et les pieds liés, en sorte que Cléopâtre méritait littéralement l'épithète de *conculcatrice*[1] *des peuples*, que lui donnent les cartouches royaux.

C'était l'heure du bain : Cléopâtre s'y rendit avec ses femmes.

Les bains de Cléopâtre étaient bâtis dans de vastes jardins remplis de mimosas, de caroubiers, d'aloès, de citronniers, de pommiers persiques, dont la fraîcheur luxuriante faisait un délicieux contraste avec l'aridité des environs ; d'immenses terrasses soutenaient des massifs de verdure et faisaient monter les fleurs jusqu'au ciel par de gigantesques escaliers de granit rose ; des vases de marbre pentélique s'épanouissaient comme de grands lis au bord de chaque rampe, et les plantes qu'ils contenaient ne semblaient que leurs pistils ; des chimères caressées par le ciseau des plus habiles sculpteurs grecs, et d'une physionomie moins rébarbative que les sphinx égyptiens avec leur mine renfrognée et leur attitude morose, étaient couchées mollement sur le gazon tout piqué de fleurs, comme de sveltes levrettes blanches sur un tapis de salon : c'étaient de charmantes figures de femme, le nez droit, le front uni, la bouche petite, les bras délicatement potelés, la gorge ronde et pure, avec des boucles d'oreilles, des

1. Qui foule aux pieds.

colliers et des ajustements d'un caprice adorable, se bifurquant en queue de poisson comme la femme dont parle Horace, se déployant en aile d'oiseau, s'arrondissant en croupe de lionne, se contournant en volute de feuillage, selon la fantaisie de l'artiste ou les convenances de la position architecturale — une double rangée de ces délicieux monstres bordait l'allée qui conduisait du palais à la salle.

Au bout de cette allée, on trouvait un large bassin avec quatre escaliers de porphyre ; à travers la transparence de l'eau diamantée on voyait les marches descendre jusqu'au fond sablé de poudre d'or ; des femmes terminées en gaine comme des cariatides faisaient jaillir de leurs mamelles un filet d'eau parfumée qui retombait dans le bassin en rosée d'argent, et en picotait le clair miroir de ses gouttelettes grésillantes. Outre cet emploi, ces cariatides avaient encore celui de porter sur leur tête un entablement orné de néréides et de tritons en bas-relief et muni d'anneau de bronze pour attacher les cordes de soie du vélarium. Au-delà du portique l'on apercevait des verdures humides et bleuâtres, des fraîcheurs ombreuses, un morceau de la vallée de Tempé transporté en Égypte. Les fameux jardins de Sémiramis n'étaient rien auprès de cela.

Nous ne parlerons pas de sept ou huit autres salles de différentes températures, avec leur vapeur chaude ou froide, leurs boîtes de parfums, leurs cosmétiques, leurs huiles, leurs pierres ponces, leurs gantelets de crin, et tous les raffinements de l'art balnéatoire antique poussé à un si haut degré de volupté et de raffinement.

Cléopâtre arriva, la main sur l'épaule de Charmion ; elle avait fait au moins trente pas toute seule ! grand effort ! fatigue énorme ! Un léger nuage rose, se répandant sous la peau transparente de ses joues, en rafraîchissait la pâleur passionnée ; ses tempes blondes comme l'ambre laissaient voir un réseau de veines bleues ; son front uni, peu élevé comme les fronts antiques, mais d'une rondeur et d'une forme parfaites, s'unissait par une ligne irréprochable à un nez sévère et droit, en façon de camée, coupé de narines roses et palpitantes à la moindre émotion, comme les naseaux d'une tigresse amoureuse, la bouche petite, ronde, très rapprochée du nez, avait la lèvre dédaigneusement arquée ; mais une volupté effrénée, une ardeur de vie incroyable rayonnait dans le rouge éclat et dans le lustre humide de la lèvre inférieure. Ses yeux avaient des paupières étroites, des sourcils minces et presque sans inflexion. Nous n'essaierons pas d'en donner une idée ; c'était un feu, une langueur, une limpidité étincelante à faire tourner la tête de chien d'Anubis lui-même ; chaque regard de ses yeux était un poème supérieur à ceux d'Homère ou de Mimnerme ; un menton impérial, plein de force et de domination, terminait dignement ce charmant profil.

Elle se tenait debout sur la première marche du bassin, dans une attitude pleine de grâce et de fierté ; légèrement cambrée en arrière, le pied suspendu comme une déesse qui va quitter son piédestal et dont le regard est encore au ciel ; deux plis superbes partaient des pointes de sa gorge et filaient d'un seul jet jusqu'à terre. Cléomène, s'il eût été son contemporain et s'il eût pu la voir, aurait brisé sa Vénus de dépit.

Avant d'entrer dans l'eau, par un nouveau caprice, elle dit à Charmion de lui changer sa coiffure à résilles d'argent ; elle aimait mieux une couronne de fleurs de lotus avec des joncs, comme une divinité marine. Charmion obéit ; — ses cheveux délivrés coulèrent en cascades noires sur ses épaules, et pendirent en grappes comme des raisins mûrs au long de ses belles joues.

Puis la tunique de lin, retenue seulement par une agrafe d'or, se détacha, glissa au long de son corps de marbre, et s'abattit en blanc nuage à ses pieds comme le cygne aux pieds de Léda[1]...

Et Meïamoun, où était-il ?

Ô cruauté du sort ! tant d'objets insensibles jouissent de faveurs qui raviraient un amant de joie. Le vent qui joue avec une chevelure parfumée ou qui donne à de belles lèvres des baisers qu'il ne peut apprécier, l'eau à qui cette volupté est bien indifférente et qui enveloppe d'une seule caresse un beau corps adoré, le miroir qui réfléchit tant d'images charmantes, le cothurne ou le tatbeb qui enferme un divin petit pied : oh ! que de bonheurs perdus !

Cléopâtre trempa dans l'eau son talon vermeil et descendit quelques marches ; l'onde frissonnante lui faisait une ceinture et des bracelets d'argent, et roulait en perles sur sa poitrine et ses épaules comme un collier défait ; ses grands cheveux, soulevés par l'eau, s'étendaient derrière elle comme un manteau royal ; elle était reine même au bain. Elle allait et venait, plongeait et rapportait du fond dans ses mains des poignées de poudre d'or qu'elle lançait en riant à quelqu'une de ses femmes ; d'autres fois elle se suspendait à la balustrade du bassin, cachant et découvrant ses trésors, tantôt ne laissant voir que son dos poli et lustré, tantôt se montrant entière comme la Vénus Anadyomène, et variant sans cesse les aspects de sa beauté.

Tout à coup elle poussa un cri plus aigu que Diane surprise par Actéon ; elle avait vu à travers le feuil-

1. Pour la séduire, Jupiter se métamorphosa en cygne.

lage luire une prunelle ardente, jaune et phosphorique comme un œil de crocodile ou de lion.

C'était Meïamoun qui, tapi contre terre, derrière une touffe de feuilles, plus palpitant qu'un faon dans les blés, s'enivrait du dangereux bonheur de regarder la reine dans son bain. Quoiqu'il fût courageux jusqu'à la témérité, le cri de Cléopâtre lui entra dans le cœur plus froid qu'une lame d'épée ; une sueur mortelle lui couvrit tout le corps ; ses artères sifflaient dans ses tempes avec un bruit strident, la main de fer de l'anxiété lui serrait la gorge et l'étouffait.

Les eunuques accoururent la lance au poing ; Cléopâtre leur désigna le groupe d'arbres, où ils trouvèrent Meïamoun blotti et pelotonné. La défense n'était pas possible, il ne l'essaya pas et se laissa prendre. Ils s'apprêtaient à le tuer avec l'impassibilité cruelle et stupide qui caractérise les eunuques ; mais Cléopâtre, qui avait eu le temps de s'envelopper de sa calasiris, leur fit signe de la main de s'arrêter et de lui amener le prisonnier.

Meïamoun ne put que tomber à ses genoux en tendant vers elle des mains suppliantes comme vers l'autel des dieux.

« Es-tu quelque assassin gagé par Rome ? et que venais-tu faire dans ces lieux sacrés d'où les hommes sont bannis ? dit Cléopâtre avec un geste d'interrogation impérieuse.

— Que mon âme soit trouvée légère dans la balance de l'Amenthi, et que Tmeï, fille du soleil et déesse de la vérité, me punisse si jamais j'eus contre vous, ô reine ! une intention mauvaise », répondit Meïamoun toujours à genoux.

La sincérité et la loyauté brillaient sur sa figure en caractères si transparents, que Cléopâtre abandonna sur-le-champ cette pensée, et fixa sur le jeune

Égyptien des regards moins sévères et moins irrités ; elle le trouvait beau.

« Alors, quelle raison te poussait dans un lieu où tu ne pouvais rencontrer que la mort ?

— Je vous aime », dit Meïamoun d'une voix basse, mais distincte ; car son courage était revenu comme dans toutes les situations extrêmes et que rien ne peut empirer.

« Ah ! fit Cléopâtre en se penchant vers lui et en lui saisissant le bras avec un mouvement brusque et soudain, c'est toi qui as lancé la flèche avec le rouleau de papyrus ; par Oms, chien des enfers, tu es un misérable bien hardi !... Je te reconnais maintenant ; il y a longtemps que je te vois errer comme une ombre plaintive autour des lieux que j'habite... Tu étais à la procession d'Isis, à la panégyrie d'Hermonthis ; tu as suivi la cange royale. Ah ! il te faut une reine !... Tu n'as point des ambitions médiocres ; tu t'attendais sans doute à être payé de retour... Assurément je vais t'aimer... Pourquoi pas ?

— Reine, répondit Meïamoun avec un air de grave mélancolie, ne raillez pas. Je suis insensé, c'est vrai ; j'ai mérité la mort, c'est vrai encore ; soyez humaine, faites-moi tuer.

— Non, j'ai le caprice d'être clémente aujourd'hui ; je t'accorde la vie.

— Que voulez-vous que je fasse de la vie ? Je vous aime.

— Eh bien ! tu seras satisfait, tu mourras, répondit Cléopâtre ; tu as fait un rêve étrange, extravagant ; tes désirs ont dépassé en imagination un seuil infranchissable, — tu pensais que tu étais César ou Marc-Antoine, tu aimais la reine ! À certaines heures de délire, tu as pu croire qu'à la suite de circonstances qui n'arrivent qu'une fois tous les mille ans, Cléopâtre un jour t'aimerait. Eh bien ! ce que tu croyais impossible va s'accomplir, je vais faire une réalité de ton rêve ; cela me plaît, une fois, de combler une espérance folle. Je veux t'inonder de splendeurs, de rayons et d'éclairs ; je veux que ta fortune ait des éblouissements. Tu étais en bas de la roue, je vais te mettre en haut, brusquement, subitement, sans transition. Je te prends dans le néant, je fais de toi l'égal d'un dieu, et je te replonge dans le néant : c'est tout ; mais ne viens pas m'appeler cruelle, implorer ma pitié, ne va pas faiblir quand l'heure arrivera. Je suis bonne, je me prête à ta folie ; j'aurais le droit de te faire tuer sur-le-champ ; mais tu me dis que tu m'aimes, je te ferai tuer demain ; ta vie pour une nuit. Je suis généreuse, je te l'achète, je pourrais la prendre. Mais que fais-tu à mes pieds ? relève-toi, et donne-moi la main pour rentrer au palais. »

## 6

Notre monde est bien petit à côté du monde antique, nos fêtes sont mesquines auprès des effrayantes somptuosités des patriciens romains et des princes asiatiques ; leurs repas ordinaires passeraient aujourd'hui pour des orgies effrénées, et toute une ville moderne vivrait pendant huit jours de la desserte de Lucullus soupant avec quelques amis intimes. Nous avons peine à concevoir, avec nos habitudes misérables, ces existences énormes, réalisant tout ce que l'imagination peut inventer de hardi, d'étrange et de plus monstrueusement en dehors du possible. Nos palais sont des écuries où Caligula n'eût pas voulu mettre son cheval ; le plus riche des rois constitutionnels ne mène pas le train d'un petit satrape ou d'un proconsul romain. Les soleils radieux qui brillaient sur la terre sont à tout jamais éteints dans le néant de l'uniformité ; il ne se lève plus sur la noire fourmilière des hommes de ces colosses à formes de Titan, qui parcouraient le monde en trois pas, comme les chevaux d'Homère ; — plus de tour de Lylacq[1], plus de Babel géante escaladant le ciel de ses spirales infinies, plus de temples démesurés faits avec des quartiers de montagne, de terrasses royales que chaque siècle et chaque peuple n'ont pu élever que d'une assise, et d'où le prince accoudé et rêveur peut regarder la figure du monde comme une carte déployée ; plus de ces villes désordonnées faites d'un inextricable entassement d'édifices cyclopéens, avec leurs circonvallations profondes, leurs cirques rugissant nuit et jour, leurs réservoirs remplis d'eau de mer et peuplés de léviathans et de baleines, leurs rampes colossales, leurs superpositions de terrasses, leurs tours au faîte baigné de nuages, leurs palais géants, leurs aqueducs, leurs cités vomitoires et leurs nécropoles ténébreuses ! Hélas ! plus rien que des ruches de plâtre sur un damier de pavés.

L'on s'étonne que les hommes ne se soient pas révoltés contre les confiscations de toutes les richesses et de toutes les forces vivantes au profit de quelques rares privilégiés, et que de si exorbitantes fantaisies n'aient point rencontré d'obstacles sur leur chemin sanglant. C'est que ces existences prodigieuses étaient la réalisation au soleil du rêve que chacun faisait la nuit, — des personnifications de la pensée commune, et que les peuples se regardaient vivre symbolisés sous un de ces noms météoriques qui flamboient inextinguiblement dans la nuit des

1. Babylone.

âges. Aujourd'hui, privé de ce spectacle éblouissant de la volonté toute-puissante, de cette haute contemplation d'une âme humaine dont le moindre désir se traduit en actions inouïes, en énormités de granit et d'airain, le monde s'ennuie éperdument et désespérément ; l'homme n'est plus représenté dans sa fantaisie impériale.

L'histoire que nous écrivons et le grand nom de Cléopâtre qui s'y mêle nous ont jeté dans ces réflexions malsonnantes pour les oreilles civilisées. Mais le spectacle du monde antique est quelque chose de si écrasant, de si décourageant pour les imaginations qui se croient effrénées et les esprits qui pensent avoir atteint aux dernières limites de la magnificence féerique, que nous n'avons pu nous empêcher de consigner ici nos doléances et nos tristesses de n'avoir pas été contemporain de Sardanapale, de Teglath Phalazar, de Cléopâtre, reine d'Égypte ou seulement d'Héliogabale, empereur de Rome et prêtre du Soleil.

Nous avons à décrire une orgie suprême, un festin à faire pâlir celui de Balthazar, une nuit de Cléopâtre. Comment, avec la langue française, si chaste, si glacialement prude, rendrons-nous cet emportement frénétique, cette large et puissante débauche qui ne craint pas de mêler le sang et le vin, ces deux pourpres, et ces furieux élans de la volupté inassouvie se ruant à l'impossible avec toute l'ardeur de sens que le long jeûne chrétien n'a pas encore matés ?

La nuit promise devait être splendide ; il fallait que toutes les joies possibles d'une existence humaine fussent concentrées en quelques heures ; il fallait faire de la vie de Meïamoun un élixir puissant qu'il pût boire en une seule coupe. Cléopâtre voulait éblouir sa victime volontaire, et la plonger dans un tourbillon de voluptés vertigineuses, l'enivrer, l'étourdir avec le vin de l'orgie, pour que la mort, bien qu'acceptée, arrivât sans être vue ni comprise.

Transportons nos lecteurs dans la salle du banquet.

Notre architecture actuelle offre peu de points de comparaison avec ces constructions immenses dont les ruines ressemblent plutôt à des éboulements de montagnes qu'à des restes d'édifices. Il fallait toute l'exagération de la vie antique pour animer et remplir ces prodigieux palais dont les salles étaient si vastes qu'elles ne pouvaient avoir d'autre plafond que le ciel, magnifique plafond, et bien digne d'une pareille architecture.

La salle du festin avait des proportions énormes et babyloniennes ; l'œil ne pouvait en pénétrer la profondeur incommensurable ; de monstrueuses colonnes, courtes, trapues, solides à porter le pôle, épataient lourdement leur fût évasé sur un socle bigarré d'hiéroglyphes, et soutenaient de leurs chapiteaux ventrus de gigantesques arcades de granit s'avançant par assises comme des escaliers renversés. Entre chaque pilier un sphinx colossal de basalte, coiffé du pschent, allongeait sa tête à l'œil oblique, au menton cornu, et jetait dans la salle un regard fixe et mystérieux. Au second étage, en recul du premier, les chapiteaux des colonnes, plus sveltes de tournure, étaient remplacés par quatre têtes de femmes adossées avec les barbes cannelées et les enroulements de la coiffure égyptienne ; au lieu de sphinx, des idoles à tête de taureau, spectateurs impassibles des délires nocturnes et des fureurs orgiaques, étaient assis dans des sièges de pierre comme des hôtes patients qui attendent que le festin commence.

Un troisième étage d'un ordre différent, avec des

éléphants de bronze lançant de l'eau de senteur par la trompe, couronnait l'édifice ; par-dessus, le ciel s'ouvrait comme un gouffre bleu, et les étoiles curieuses s'accoudaient sur la frise.

De prodigieux escaliers de porphyre, si polis qu'ils réfléchissaient les corps comme des miroirs, montaient et descendaient de tous côtés et liaient entre elles ces grandes masses d'architecture.

Nous ne traçons ici qu'une ébauche rapide pour faire comprendre l'ordonnance de cette construction formidable avec ses proportions hors de toute mesure humaine. Il faudrait le pinceau de Martinn, le grand peintre des énormités disparues, et nous n'avons qu'un maigre trait de plume au lieu de la profondeur apocalyptique de la manière noire ; mais l'imagination y suppléera ; moins heureux que le peintre et le musicien, nous ne pouvons présenter les objets que les uns après les autres. Nous n'avons parlé que de la salle du festin, laissant de côté les convives ; encore ne l'avons-nous qu'indiquée. Cléopâtre et Meïamoun nous attendent ; les voici qui s'avancent.

Meïamoun était vêtu d'une tunique de lin constellée d'étoiles avec un manteau de pourpre et des bandelettes dans les cheveux comme un roi oriental. Cléopâtre portait une robe glauque, fendue sur le côté et retenue par des abeilles d'or ; autour de ses bras nus jouaient deux rangs de grosses perles ; sur sa tête rayonnait la couronne à pointes d'or. Malgré le sourire de sa bouche, un nuage de préoccupation ombrait légèrement son beau front, et ses sourcils se rapprochaient quelquefois avec un mouvement fébrile. Quel sujet peut donc contrarier la grande reine ! Quant à Meïamoun, il avait le teint ardent et lumineux d'un homme dans l'extase ou dans la vision ; des effluves rayonnants, partant de ses tempes et de son front, lui faisaient un nimbe d'or, comme à un des douze grands dieux de l'Olympe.

Une joie grave et profonde brillait dans tous ses traits ; il avait embrassé sa chimère aux ailes inquiètes sans qu'elle s'envolât ; il avait touché le but de sa vie. Il vivrait l'âge de Nestor et de Priam ; il verrait ses tempes veinées se couvrir de cheveux blancs comme ceux du grand prêtre d'Ammon ; il n'éprouverait rien de nouveau, il n'apprendrait rien de plus. Il a obtenu tellement au-delà de ses plus folles espérances, que le monde n'a plus rien à lui donner.

Cléopâtre le fit asseoir à côté d'elle sur un trône côtoyé de griffons d'or et frappa ses petites mains l'une contre l'autre. Tout à coup des lignes de feux, des cordons scintillants, dessinèrent toutes les saillies de l'architecture ; les yeux du sphinx lancèrent des éclairs phosphoriques, une haleine enflammée sortit du mufle des idoles ; les éléphants, au lieu d'eau parfumée, soufflèrent une colonne rougeâtre ; des bras de bronze jaillirent des murailles avec des torches au poing : dans le cœur sculpté des lotus s'épanouirent des aigrettes éclatantes.

De larges flammes bleuâtres palpitaient dans les trépieds d'airain, des candélabres géants secouaient leur lumière échevelée dans une ardente vapeur ; tout scintillait et rayonnait. Les iris prismatiques se croisaient et se brisaient en l'air ; les facettes des coupes, les angles des marbres et des jaspes, les ciselures des vases, tout prenait une paillette, un luisant ou un éclair. La clarté ruisselait par torrents et tombait de marche en marche comme une cascade sur un escalier de porphyre, l'on aurait dit la réverbération d'un incendie dans une rivière ; si la reine de Saba y eût monté, elle eût relevé le pli de sa robe croyant marcher dans l'eau comme sur le parquet de glace de Salomon. À travers ce brouillard étincelant, les figures monstrueuses des colosses, les animaux, les hiéroglyphes semblaient s'animer et vivre d'une vie factice ; les béliers de granit noir ricanaient ironiquement et choquaient leurs cornes dorées, les idoles respiraient avec bruit par leurs naseaux haletants.

L'orgie était à son plus haut degré ; les plats de langues de phénicoptères [1] et de foies de scarus [2], les murènes engraissées de chair humaine et préparées au garum [3], les cervelles de paon, les sangliers pleins d'oiseaux vivants, et toutes les merveilles des festins antiques décuplées et centuplées, s'entassaient sur les trois pans du gigantesque triclinium [4]. Les vins de Crète, de Massique et de Falerne, écumaient dans les cratères d'or couronnés de roses, remplis par des pages asiatiques dont les belles chevelures flottantes servaient à essuyer les mains des convives. Des musiciens jouant du sistre, du tympanon, de la sambuque et de la harpe à vingt et une cordes, remplissaient les travées supérieures et jetaient leur bruissement harmonieux dans la tempête de bruit qui planait sur la fête : la foudre n'aurait pas eu la voix assez haute pour se faire entendre.

Meïamoun, la tête penchée sur l'épaule de Cléopâtre, sentait sa raison lui échapper ; la salle du festin tourbillonnait autour de lui comme un immense cauchemar architectural ; il voyait, à travers ses éblouissements, des perspectives et des colonnades sans fin ; des nouvelles zones de portiques se superposaient aux véritables, et s'enfonçaient dans les cieux à des hauteurs où les Babels ne sont jamais

1. Flamants roses.
2. Poisson.
3. Sauce à base de poisson.
4. Lit à trois places utilisé lors des banquets.

parvenues. S'il n'eût senti dans sa main la main douce et froide de Cléopâtre, il eût cru être transporté dans le monde des enchantements par un sorcier de Thessalie ou un mage de Perse.

Vers la fin du repas, des nains bossus et des morions[1] exécutèrent des danses et des combats grotesques ; puis des jeunes filles égyptiennes et grecques, représentant les heures noires et blanches, dansèrent sur le mode ionien une danse voluptueuse avec une perfection inimitable.

Cléopâtre elle-même se leva de son trône, rejeta son manteau royal, remplaça son diadème sidéral par une couronne de fleurs, ajusta des crotales[2] d'or à ses mains d'albâtre, et se mit à danser devant Meïamoun éperdu de ravissement. Ses beaux bras arrondis comme les anses d'un vase de marbre, secouaient au-dessus de sa tête des grappes de notes étincelantes, et ses crotales babillaient avec une volubilité toujours croissante. Debout sur la pointe vermeille de ses petits pieds, elle avançait rapidement et venait effleurer d'un baiser le front de Meïamoun, puis elle recommençait son manège et voltigeait autour de lui, tantôt se cambrant en arrière, la tête renversée, l'œil demi-clos, les bras pâmés et morts, les cheveux débouclés et pendants comme une bacchante du mont Ménale[3] agitée par son dieu ; tantôt leste, vive, rieuse, papillonnante, infatigable et plus capricieuse en ses méandres que l'abeille qui butine. L'amour du cœur, la volupté des sens, la passion ardente, la jeunesse inépuisable et fraîche, la promesse du bonheur prochain, elle exprimait tout.

1. Bouffons.
2. Castagnettes.
3. Montagne sur laquelle on célébrait le dieu Bacchus.

Les pudiques étoiles ne regardaient plus, leurs chastes prunelles d'or n'auraient pu supporter un tel spectacle ; le ciel même s'était effacé, et un dôme de vapeur enflammée couvrait la salle.

Cléopâtre revint s'asseoir près de Meïamoun. La nuit s'avançait, la dernière des heures noires allait s'envoler ; une lueur bleuâtre entra d'un pied déconcerté dans ce tumulte de lumières rouges ; comme un rayon de lune qui tombe dans une fournaise ; les arcades supérieures s'azurèrent doucement, le jour paraissait.

Meïamoun prit le vase de corne que lui tendit un esclave éthiopien à physionomie sinistre, et qui contenait un poison tellement violent qu'il eût fait éclater tout autre vase. Après avoir jeté sa vie à sa maîtresse dans un dernier regard, il porta à ses lèvres la coupe funeste où la liqueur empoisonnée bouillonnait et sifflait.

Cléopâtre pâlit et posa sa main sur le bras de Meïamoun pour le retenir. Son courage la touchait ; elle allait lui dire : « Vis encore pour m'aimer, je le veux... » quand un bruit de clairon se fit entendre. Quatre hérauts d'armes entrèrent à cheval dans la salle du festin ; c'étaient des officiers de Marc-Antoine qui ne précédaient leur maître que de quelques pas. Elle lâcha silencieusement le bras de Meïamoun. Un rayon de soleil vint jouer sur le front de Cléopâtre comme pour remplacer son diadème absent.

« Vous voyez bien que le moment est arrivé ; il fait jour, c'est l'heure où les beaux rêves s'envolent », dit Meïamoun. Puis il vida d'un trait le vase fatal et tomba comme frappé de la foudre. Cléopâtre baissa la tête, et dans sa coupe une larme brûlante, la seule qu'elle ait versée de sa vie, alla rejoindre la perle fondue.

« Par Hercule ! ma belle reine, j'ai eu beau faire diligence, je vois que j'arrive trop tard, dit Marc-Antoine en entrant dans la salle du festin ; le souper est fini. Mais que signifie ce cadavre renversé sur les dalles ?

— Oh ! rien, fit Cléopâtre en souriant ; c'est un poison que j'essayais pour m'en servir si Auguste me faisait prisonnière. Vous plairait-il, mon cher seigneur, de vous asseoir à côté de moi et de voir danser ces bouffons grecs ?... »

# EXTRAIT DU CATALOGUE LIBRIO

## CLASSIQUES

**Affaire Dreyfus (L')**
*J'accuse* et autres documents - n°201

**Alphonse Allais**
L'affaire Blaireau - n°43
A l'œil - n°50

**Honoré de Balzac**
Le colonel Chabert - n°28
Melmoth réconcilié - n°168
Ferragus, chef des Dévorants - n°226

**Jules Barbey d'Aurevilly**
Le bonheur dans le crime - n°196

**Charles Baudelaire**
Les Fleurs du Mal - n°48
Le Spleen de Paris - n°179
Les paradis artificiels - n°212

**Beaumarchais**
Le barbier de Séville - n°139

**Georges Bernanos**
Un mauvais rêve - n°247

**Bernardin de Saint-Pierre**
Paul et Virginie - n°65

**Pedro Calderón de la Barca**
La vie est un songe - n°130

**Giacomo Casanova**
Plaisirs de bouche - n°220

**Corneille**
Le Cid - n°21

**Alphonse Daudet**
Lettres de mon moulin - n°12
Sapho - n°86
Tartarin de Tarascon - n°164

**Charles Dickens**
Un chant de Noël - n°146

**Denis Diderot**
Le neveu de Rameau - n°61

**Fiodor Dostoïevski**
L'éternel mari - n°112
Le joueur - n°155

**Gustave Flaubert**
Trois contes - n°45
Dictionnaire des idées reçues - n°175

**Anatole France**
Le livre de mon ami - n°121

**Théophile Gautier**
Le roman de la momie - n°81
La morte amoureuse - n°263

**Genèse (La)** - n°90

**Goethe**
Faust - n°82

**Nicolas Gogol**
Le journal d'un fou - n°120
La nuit de Noël - n°252

**Grimm**
Blanche-Neige - n°248

**Victor Hugo**
Le dernier jour d'un condamné - n°70

**Henry James**
Une vie à Londres - n°159
Le tour d'écrou - n°200

**Franz Kafka**
La métamorphose - n°3

**Eugène Labiche**
Le voyage de Monsieur Perrichon - n°270
(*février 99*)

**Madame de La Fayette**
La Princesse de Clèves - n°57

**Jean de La Fontaine**
Le lièvre et la tortue et autres fables - n°131

**Alphonse de Lamartine**
Graziella - n°143

**Gaston Leroux**
Le fauteuil hanté - n°126

**Longus**
Daphnis et Chloé - n°49

**Pierre Louÿs**
La Femme et le Pantin - n°40
Manuel de civilité - n°255
*(Pour lecteurs avertis)*

**Nicolas Machiavel**
Le Prince - n°163

**Stéphane Mallarmé**
Poésie - n°135

**Guy de Maupassant**
Le Horla - n°1
Boule de Suif - n°27
Une partie de campagne - n°29
La maison Tellier - n°44
Une vie - n°109
Pierre et Jean - n°151
La petite Roque - n°217

**Karl Marx, Friedrich Engels**
Manifeste du parti communiste - n°210

**Prosper Mérimée**
Carmen - n°13
Mateo Falcone - n°98

Colomba - n°167
La vénus d'Ille - n°236

**Les Mille et Une Nuits**
Histoire de Sindbad
le Marin - n°147
Aladdin ou la lampe merveilleuse - n°191

**Mirabeau**
L'éducation de Laure - n°256
*(Pour lecteurs avertis)*

**Molière**
Dom Juan - n°14
Les fourberies de Scapin - n°181
Le bourgeois gentilhomme - n°235

**Alfred de Musset**
Les caprices de Marianne - n°39

**Gérard de Nerval**
Aurélia - n°23
Ovide
L'art d'aimer - n°11

**Charles Perrault**
Contes de ma mère l'Oye - n°32

**Platon**
Le banquet - n°76

**Edgar Allan Poe**
Double assassinat dans la rue Morgue - n°26
Le scarabée d'or - n°93
Le chat noir - n°213

**Alexandre Pouchkine**
La fille du capitaine - n°24
La dame de pique - n°74

**Abbé Prévost**
Manon Lescaut - n°94

**Raymond Radiguet**
Le diable au corps - n°8
Le bal du comte d'Orgel - n°156

**Jules Renard**
Poil de Carotte - n°25
Histoires naturelles - n°134

**Arthur Rimbaud**
Le bateau ivre - n°18

**Edmond Rostand**
Cyrano de Bergerac - n°116

**Marquis de Sade**
Le président mystifié - n°97
Les infortunes de la vertu - n°172

**George Sand**
La mare au diable - n°78
La petite Fadette - n°205

**William Shakespeare**
Roméo et Juliette - n°9
Hamlet - n°54
Othello - n°108
Macbeth - n°178

**Sophocle**
Œdipe roi - n°30

**Stendhal**
L'abbesse de Castro - n°117
Le coffre et le revenant - n°221

**Robert Louis Stevenson**
Olalla des Montagnes - n°73
Le cas étrange du
Dr Jekyll et de M. Hyde - n°113

**Anton Tchekhov**
La dame au petit chien - n°142
La salle n°6 - n°189

**Léon Tolstoï**
Hadji Mourad - n°85

**Ivan Tourgueniev**
Premier amour - n°17

**Mark Twain**
Trois mille ans chez les microbes - n°176

**Vâtsyâyana**
Kâma Sûtra - n°152

**Bernard Vargaftig**
La poésie des Romantiques - n°262

**Paul Verlaine**
Poèmes saturniens *suivi de*
Fêtes galantes - n°62
Romances sans paroles - n°187
Poèmes érotiques - n°257
*(Pour lecteurs avertis)*

**Jules Verne**
Les cinq cents millions de la Bégum - n°52
Les forceurs de blocus - n°66
Le château des Carpathes - n°171
Les Indes noires - n°227 (*juin 98*)

**Voltaire**
Candide - n°31
Zadig ou la Destinée - n°77
L'ingénu - n°180

**Emile Zola**
La mort d'Olivier Bécaille - n°42
Naïs - n°127
L'attaque du moulin - n°182

## LITTÉRATURE

**Richard Bach**
Jonathan Livingston le goéland - n°2

**René Barjavel**
Béni soit l'atome - n°261

**René Belletto**
Le temps mort
- L'homme de main - n°19
- La vie rêvée - n°37

**Pierre Benoit**
Le soleil de minuit - n°60

**Georges Bernanos**
Un crime - n°194

**Nina Berberova**
L'accompagnatrice - n°198

**Patrick Besson**
Lettre à un ami perdu - n°218

**André Beucler**
Gueule d'amour - n°53

**Calixthe Beyala**
C'est le soleil qui m'a brûlée - n°165

**Alphonse Boudard**
Une bonne affaire - n°99
Outrage aux mœurs - n°136

**Francis Carco**
Rien qu'une femme - n°71

**Muriel Cerf**
Amérindiennes - n°95

**Jean-Pierre Chabrol**
Contes à mi-voix
- La soupe de la mamée - n°55
- La rencontre de Clotilde - n°63

**Georges-Olivier Châteaureynaud**
Le jardin dans l'île - n°144

**Andrée Chedid**
Le sixième jour - n°47
L'enfant multiple - n°107
Le sommeil délivré - n°153
L'autre - n° 203

**Bernard Clavel**
Tiennot - n°35
L'homme du Labrador - n°118
Contes et légendes du Bordelais - n°224

**Jean Cocteau**
Orphée - n°75

**Colette**
Le blé en herbe - n°7
La fin de Chéri - n°15
L'entrave - n°41

**Raphaël Confiant**
Chimères d'En-Ville - n°240

**Pierre Dac**
Dico franco-loufoque - n°128

**Philippe Djian**
Crocodiles - n°10

**Les droits de l'homme**
Anthologie présentée par Jean-Jacques Gandini - n°250

**Richard Paul Evans**
Le coffret de Noël - n°252

**Frison-Roche**
Premier de cordée, 2 vol. - n[os]148 et 149

**Gulliver - 1** (revue) - Dire le monde - n°239
**Gulliver - 2** (revue) - Musique ! - n°269
*(février 99)*

**Khalil Gibran**
Le Prophète - n°185

**Albrecht Goes**
Jusqu'à l'aube - n°140

**Sacha Guitry**
Bloompott - n°204

**Frédérique Hébrard**
Le mois de septembre - n°79

**Eric Holder**
On dirait une actrice - n°183

**Raymond Jean**
La lectrice - n°157

**Jean-Charles**
La foire aux cancres - n°132

**Félicien Marceau**
Le voyage de noce de Figaro - n°83

**François Mauriac**
Un adolescent d'autrefois - n°122

**Méditerranées**
Une anthologie présentée par
Michel Le Bris et J.-. Izzo - n°219

**Henry de Monfreid**
Le récif maudit - n°173
La sirène du Rio Pongo - n°216

**Alberto Moravia**
Le mépris - n°87

**Claude Nougaro**
Le Jazz et la Java - n°199

**Paroles de poilus**
Anthologie. Lettres du front 1914-1918 - n°245

**Claude Pujade-Renaud**
Vous êtes toute seule ? - n°184

**Henri Queffélec**
Un recteur de l'île de Sein - n°169

**Vincent Ravalec**
Du pain pour les pauvres - n°111
Joséphine et les gitans - n°242

**Gilles de Saint-Avit**
Deux filles et leur mère - n°254
*(Pour lecteurs avertis)*

**Erich Segal**
Love Story - n°22

## LIBRIO MUSIQUE

**François Ducray**
Gainsboug - n°264 *(février 99)*

**Guillaume Bara**
La Techno - n°265 *(février 99)*

**Nicolas Ungemuth**
Bowie - n°266 *(février 99)*

**Pascal Bussy**
Coltrane - n°267 *(février 99)*

**Albert t'Serstevens**
L'or du Cristobal - n°33
Taïa - n°88

**Denis Tillinac**
Elvis - n°186

**Marc Trillard**
Un exil - n°241

**Henri Troyat**
La neige en deuil - n°6
Le geste d'Eve - n°36
La pierre, la feuille et les ciseaux - n°67
La rouquine - n°110

**Vladimir Volkoff**
Nouvelles américaines
- Un homme juste - n°124
- Un cas de force mineure - n°166

**Xavière**
La punition - n°253

Librio
Le livre à 10F
263

Achevé d'imprimer en Europe
à Pössneck (Thuringe, Allemagne)
en décembre 1998 pour le compte de EJL
84, rue de Grenelle 75007 Paris
Dépôt légal décembre 1998

*Diffusion France et étranger : Flammarion*